# GASTFREUNDSCHAFT

Zu diesem Buch

Ein tragischer Unfall bringt den Erdling Doc in Kontakt mit einer fremden Zivilisation. Obwohl technisch höher entwickelt und friedliebender als die Menschen, erweisen sich die Jegoni jedoch als nicht vollkommen. Wie der arglose Doc seine Erfahrung und seinen Mut zum Wohle seiner Wahlheimat einsetzt, erzählt GASTFREUND-SCHAFT.

Dr. Joachim Wobst, geboren 1960 in Solingen, promovierte an der Universität Würzburg in Pharmazie. Da er aufgrund seiner MS Erkrankung den Beruf des Apothekers nicht ausführen konnte, und zunehmend an Haus und Schreibtisch gefesselt war, widmete er sich einer seiner größten Leidenschaften, dem Sience Fiction. GASTFREUNDSCHAFT, 1996 verfaßt, war sein erstes und gleichzeitig letztes Werk. Verstorben im Mai 1998, bleibt er lebendig in seinen eigenen Worten und den Gedanken derer, die ihn lieben.

JOACHIM WOBST

# GASTFREUNDSCHAFT

Herausgegeben von Paul und Peter Wobst

Ungekürzte Taschenbuchausgabe
Paul und Peter Wobst im Eigenverlag
1. Auflage Juni 2001
© Joachim Wobst, Solingen, 1996
Titelgestaltung und Satz: Christa Rhein, [designwerk], Köln
Druck und Bindung: Books on Demand GmbH, Norderstedt—
www.BoD.de
Printed in Germany
ISBN 3-8311-2220-2

**FÜR LISSY**
[Hrsg.]

# INHALT

# PROLOG

Mein Großvater starb im Jahre 2037. Für die anderen gab es nichts zu erben, mir aber hinterließ er einen Traum. Zwei Jahre vor seinem Tod, ich war dreizehn, verbrachte ich meine Sommerferien bei ihm. Das war die Zeit, in der sein Traum zu meinem wurde. Nur, bei mir weiß ich sicher, daß es nur ein Traum ist, bei ihm aber ist das anders. Er hatte es erlebt. Sagte er. Damals glaubte ich ihm, obwohl ich auch zweifelte. Und später, er war schon länger tot und ich wurde immer erwachsener, zweifelte ich dann mehr, als ich glaubte. Aber was sich bis heute nicht geändert hat, ist, daß ich immer noch glauben will, daß er diesen Traum wirklich erlebt hat.

Das Jahr 2035. Am 13. März hatte man Newmoon, die erste richtige Raumstation, die mehr als nur ein Labor für eine handvoll Physiker war, in Betrieb genommen. Dieses Ereignis, zusammen mit der Tatsache, daß ich die letzten zwei Jahre hunderte von Science Fiction Geschichten verschlungen hatte, ließ in mir den Wunsch reifen, Astronaut zu werden, ein Skipper im All, ein Sternenreisender. Großvater versuchte nicht, wie meine Eltern, mir dies als Spinnerei auszureden, aber er zeigte mir, daß es bis dahin noch ein langer Weg war. Nicht so sehr für mich, als vielmehr für die Menschheit.

Seit den Fünfziger Jahren des vorigen Jahrhunderts existieren Geschichten, die von riesigen Städten im All, von der Besiedlung des Mars oder dem Schürfen seltener Elemente auf den Monden des Jupiter erzählen. Und immer hatte man geglaubt, daß diese Geschichten der Realität nur um ein, zwei Jahrzehnte voraus seien. Aber die Realität strafte alle diese Träumer Lügen. 2044 wurde Newmoon wieder dicht gemacht. Nicht rentabel. Sogar den Schrott zurück zur Erde zu schaffen, ist nicht rentabel. Und wie sieht's im interplanetarischen Verkehr aus? Auf dem Mars

hofft man, bald Bodenschätze abzubauen. Die Rechte an dem
Planeten gehöhren einem Konzern, der aber erst noch die
Wirtschaftlichkeit unter verschiedenen Wenns und Abers prüfen
wird, bevor sie Geld in die 'Eroberung' des Mars stecken werden.
Eroberung! Ausbeutung ist das einzige Wort dafür. Man stelle
sich vor: Dieser, unser Nachbarplanet gehört denen! Wir sitzen
hier auf unserem immer grauer werdenden blauen Planeten, von
dem wir mit unserem Arsch nicht wegkommen und besitzen die
Frechheit, den Mars zu verkaufen.

Auch damals, im Sommer '35 stellte sich die Situation schon
ähnlich dar. Wahrscheinlich würden wir nie wegkommen. Die
Zeit, sagte Großvater, wird nicht ausreichen. Bevor wir soweit
sind, daß wir den Planeten verlassen können und daraus noch
einen Nutzen ziehen, der uns rettet, werden wir in unserem eigenen Zivilisationskot ersticken. Die Erde überlebt, aber wir nicht.
In ihrer großen Überheblichkeit, sagte Großvater, reden die
Menschen – und das sind noch die, die's gut meinen, die mah-
nend den Finger heben – immer davon, daß wir 'die Erde zerstören'. Falsch! Wir zerstören lediglich unsere Lebensgrundlage;
die Erde wird's überleben und die Evolution sucht sich eine neue
Krone der Schöpfung. Großvaters bitterer Lieblingswitz war der
von der kranken Erde.

»Sie haben Homo Sapiens«, diagnostiziert der Arzt, »aber
das geht vorüber!«

Es war erst der dritte Abend. Wir hatten seit meiner Ankunft
fast nichts anderes getan, als über dieses Thema zu reden, weil
ich ihn gleich mit meinen Plan, Astronaut zu werden, überfallen
hatte. Wir saßen im Garten und wenn ich auch schon reichlich
desillusioniert war, so schaute ich doch in den Gesprächspausen
immer wieder sehnsüchtig hoch zu den Sternen. Großvater
genauso.

»Ich möchte doch wissen«, sagte ich mehr zu mir selbst, »wie es ist, die Planeten zu besuchen oder gar zwischen den Sternen zu reisen.«

Lange Zeit herrschte Stille und irgendwann sagte Großvater leise: »Es ist schön. Ich sage Dir, mein Junge, es ist wunderschön!«

»Stellst Du es Dir auch so toll vor, Großvater?«

»Ich stelle es mir nicht vor«, antwortete er und blickte mir fest in die Augen, »ich war dort, mein Junge!«

Seine Antwort elektrisierte mich. Ich konnte es natürlich nicht glauben, aber ich konnte ebensowenig glauben, daß er mich anlog. Nicht nach diesen ernsten Gesprächen, die wir geführt hatten. Den Rest dieser vier Ferienwochen vergaßen wir meist zu essen und zu schlafen, denn so begierig war ich, die Geschichte zu hören, so sehr wünschte sich Großvater, endlich jemandem erzählen zu können, was er fast vierzig Jahre lang für sich behalten hatte.

# DER MASKIERTE

Es war im Juni 1997 als ich an einem Spätnachmittag einfach so in der Gegend herumfuhr. Eine Verabredung war geplatzt – naja, sie hatte mich versetzt. Aber da ich mir sowieso nicht sicher war, was ich von dieser Frau wollte, war ich eigentlich zufrieden mit dem Nachmittag, so, wie er sich ergeben hatte. Ich fuhr die Straße an dem kleinen Fluß entlang und hielt an dem Wehr neben dem verfallenen Gehöft. Hierher zog es mich immer, wenn ich Probleme hatte und nachdenken mußte, aber an diesem Tag genoß ich es, den Wasserstrudeln zuzusehen, ganz ohne dabei irgendwelche Mühlräder in meinem Kopf zu spüren. Ich hatte bestimmt schon eine knappe Stunde dem Wasser zugesehen, als ich endlich meinte, nun könne es wieder ohne mich weiterfließen und zurück zu meinem Wagen schlenderte. Dabei fiel mein Blick auf das alte Bauernhaus. Da hing ein Schild und ich fragte mich, ob das neu wäre oder ob ich es nur noch nie bemerkt hatte.

Neugierig ging ich über den Platz und als ich das Schild endlich lesen konnte, mußte ich lachen. »Wollen Sie der erste sein, der einem Außerirdischen begegnet? Nur heute! Zum Außerirdischen folgen sie den grünen Pfeilen!« Schmunzelnd stand ich davor und überlegte mir, wer ein solches Schild aufhängen sollte und aus welchem Grund. Schließlich dachte ich mir, ein paar Kinder werden hier eine Maskerade veranstalten wollen und da ich guter Laune war, wollte ich sie nicht enttäuschen. Ich würde mir sogar ein paar Mark Eintritt abknöpfen lassen. Also folgte ich den, bezeichnenderweise grünen, Pfeilen.

Die Pfeile führten mich ums Haus herum, an der Scheune vorbei und endeten an einer Garage. Darin stand ein Stuhl vor einem Tisch, auf dem etwas zu Trinken stand und eine Schüssel mit Essensresten, um die ein paar Fliegen schwirrten. Ich drehte mich um und rief: »Hallo! Hallo, niemand da? Huhu, Ihr grünen Männlein!«

Plötzlich bog ein Mann um die Ecke und ich zuckte fürchterlich zusammen. Erstens hatte ich keinen Erwachsenen, sondern Kinder erwartet und zweitens war seine Maske ein Meisterwerk, wie es nur aus einem Filmstudio stammen konnte. Er schien meinen Schreck zu bemerken und sagte: »Ich hoffe, mein Aussehen erschreckt Sie nicht zu sehr. Ich dachte, das Schild würde Sie darauf vorbereiten.« Er sprach, als hätte er eine heiße Kartoffel im Mund und zischelte unmerklich dabei.

Sein Gesicht war von einem kräftigen Dunkelrot, wie die Hautfarbe von Indianern in Zeichentrickfilmen. Die Nase versank zwischen Hautfalten, die rechts und links auf den Wangenknochen ausliefen. Das Tollste aber waren die Zähne: Sie waren etwas kleiner und es waren etwa doppelt soviele zu sehen als normal. Und sie liefen in stumpfwinkligen Spitzen aus. Die weiteren Abweichungen waren nicht so ausgeprägt. Der hellgrüne Overall bildete einen scharfen Kontrast zu seiner Hautfarbe. Ich hatte meinen Schreck längst überwunden und war in eine bewundernde Betrachtung meines Gegenübers versunken. Er ließ sich geduldig ansehen. Schließlich meinte er: »Mein Name ist Borst. Und wie heißen Sie?«

Ich wurde mir wieder seiner Gegenwart bewußt. »Das ist phantastisch!« rief ich. »Die Maske ist absolute Spitze! Drehen Sie hier einen Film?«

Er schien nachzudenken.

Dann sagte er: »Ich glaube, daraus verstehen zu müssen, daß Sie nicht glauben, daß ich kein Mensch bin.«

»Ach, kommen Sie«, sagte ich beschwichtigend, »wir sind doch beide erwachsen! Ehrlich, Sie sehen ganz toll aus, wie echt!«

»Tja«, meinte er, »nur, ich bin echt! Sagen Sie mir, warum Sie das nicht glauben können.«

»Warum? Warum? Ja glauben Sie, da würd' ein Ufo landen und ein Schild raushängen wie auf dem Rummel? 'Geisterbahnfahrt durch den Hyperraum. Nur Zwei Millionen Space-Dollars die Fahrt. Erwarten Sie sich in zehn Jahren zurück!' Dein Problem, Außerirdischer, ist, Du hast kein Schiff, um irgendwo spektakulär auf dem Marktplatz zu landen. Dann wärst Du die Nummer!«

»Ich hab' ein Schiff. Ich weiß aber auch, daß viele von Euch Angst haben würden vor so einer 'Unheimlichen Begegnung', wie es bei Euch heißt. Deshalb wollte ich nur jemand treffen, der auch Interesse hat. Außerdem würde so eine Landung öffentliche Aufmerksamkeit erregen und jetzt bin ich schon zwei Jahre hier, ohne daß mich jemand bemerkt hat. Das wollte ich nicht ändern. Aber vor meiner Heimreise wolle ich unbedingt noch einen von Euch kennenlernen, auch wenn's gegen alle Regeln und gegen die Vernunft verstößt.«

Er klang wie ein beleidigtes Kind und ich beschloß, ihm nicht mehr zu wiedersprechen. Ja, ich wollte ihm sogar den Gefallen tun und sein Spielchen mitspielen. Schließlich hatte ich nichts besseres vor.

»Also gut, Borst, meine Freunde nennen mich Doc. Willkommen auf der Erde! Wie wär's, machen wir 'ne Spritztour mit Deinem Kahn?«

Sein Gesicht hatte sich merklich aufgehellt, wenn auch die Maske nur wenige Mimik zuließ,und er schüttelte mir begeistert die Hand. Dann fragte er: »Was bedeutet 'Spritztour mit meinem Kahn'?«

»Ein Rundflug mit Deinem Raumschiff, Außerirdischer.«

»Oh, ja natürlich. Folge mir. Und dabei kannst Du mir dann

das mit der 'Geisterbahn' erklären, das hab' ich auch nicht verstanden.«

Hinter der Garage begann ein alter Baumgarten. Ich folgte Borst und meine Aufmerksamkeit galt jetzt dem unebenen, weichen Boden. Schließlich blieb Borst stehen und deutete nach vorne. Ich sah auf und mir fiel fast die Kinnlade herunter. Hier hinter den Bäumen stand ein riesiger grauer Container, wie ich ihn noch nicht gesehen hatte. Er war gut fünfzehn bis zwanzig Meter breit, etwa dreimal so lang und vielleicht zehn Meter hoch.

»Toll«, sagte ich entgeistert, »ein quaderförmiges Raumschiff. Öfter mal was Neues.« Weil ich dabei nach oben schaute, stolperte ich schließlich doch. Als ich so auf dem Bauch lag, sah ich, daß der Container das Gras nicht berührte. Ich konnte unter den Container schauen, soweit das Licht reichte und bis dahin gab es keine Stützen, Beine oder Fundamente.

Ich rappelte mich wieder hoch.

»Also, wo ist die Tür?«

Borst wandte sich dem Schiff zu und sagte: »Computer, Einstieg öffnen!« Und sogleich klappte zu unserer Rechten, an der Längsseite des Schiffes ein Teil der Wand heraus an dessen Innenseite Stufen angebracht waren. Ich kann übrigens nicht sagen, daß da vorher keine Tür, keine Fuge oder Ritze zu sehen war, wie man das so im Film sieht. Der ganze Klotz bestand nur aus Fugen, Ritzen und Kanten. OK, langsam begann ich Borst nicht mehr für einen harmlosen Spinner zu halten.Entweder das entwickelte sich hier zu einem 'Vorsicht, Kamera' oder Borst könnte sich als ein ganz gefährlicher Spinner entpuppen. Jedenfalls glaubte ich jetzt nicht mehr, daß er die Show hier alleine abzog. Da mußten noch ein paar Helfer im Hintergrund sein und eine ganze Menge High-Tech-Krempel.Borst war schon auf der Treppe.

»Kommst Du?« fragte er.

Und genau dieselbe Frage stellte ich mir im Moment auch.

Meine Neugier war schließlich größer als meine Bedenken. Was ich bisher geboten bekommen hatte, war so verblüffend gewesen, daß ich wissen wollte, was Borst noch aus seiner Trickkiste zauberte. Ich stieg ein. Ein kurzer Korridor, dann eine Leiter hoch. Wir gelangten in einer großen Raum, der die ganze Breite des Kastens und die vorderen zehn, zwölf Meter einnahm, bei einer Höhe von gut drei Metern. Alles, was man sich in so einem Raumschiff vorstellt, war vorhanden. Ein großer Bildschirm in der Mitte der vorderen Wand; er war abgeschaltet. Steuerkonsolen und Schaltpulte, Bildschirme und Tastaturen, Knöpfe und Schalter, Lichter und Lämpchen und auch die Geräuschkulisse stimmte – ein Summen und Vibrieren erfüllte den Raum. Während ich mich staunend umsah, hatte Borst auf einem in der Mitte stehenden Kommando-Sessel Platz genommen und 'dem Computer' einige Anweisungen gegeben.

Plötzlich flackerte der Bildschirm auf. Er zeigte, wie wir uns circa hundert Meter über den Boden erhoben, drehten und dann mit einem Affenzahn beschleunigten. Natürlich spürte man nichts davon. Ansonsten war's aber sehr realistisch gemacht. Nur – hatte ich da nicht mein Auto gesehen? Wie sollte das auf den Film kommen? Jetzt fiel mir auf, daß der Blick aus den Fenstern dasselbe Bild zeigte wie der Bildschirm. Die Fenster, das waren zwei große Halbovale vorne, die sich auf beiden Seiten an den Bildschirm anschlossen und zwei lange Streifen in den vorderen Ecken, circa einszwanzig über dem Boden, einen guten Meter hoch und von den Ecken aus zwei Meter an der vorderen und fünf Meter an den seitlichen Wänden entlang gehend.Und dann entdeckte ich noch ein großes, rundes Fenster über unseren Köpfen.

Es müßte verdammt schwierig sein, diese 'Fenster' zu imitieren, denn sie bestanden aus einem, durchgehenden Stück. Eben hörte ich den Computer sagen:»Zielgebiet erreicht, Skipper. Bitte Landeplatz wählen.«

Endlich fand ich etwas, was nicht perfekt war. Ich drehte mich um zu Borst und fragte:»Wo ist denn Deine Mannschaft, Skipper?«

Er antwortete erst dem Computer, dann stand er auf und während er mir bedeutete, ihm nach unten zu folgen, sagte er:»Ich bin allein hier. Mein Volk hat längst jegliches Interesse für die übrige Galaxie verloren. Nur wenige sind noch neugierig und finden sich dazu bereit, Heimat zu verlassen. Deshalb kommt auf jeden ein ganzes Schiff.«

Ich schmunzelte:»Heimat heißt Dein Planet?«

»Das ist die dem Namen am nächsten kommende Übersetzung. Genau heißt er ...«

In seinem letzten Wort schien er sämtliche bekannten Sprachfehler zu vereinen, vielleicht kamen auch noch ein, zwei neue hinzu.

Ich folgte Borst durch den Korridor und betrat die Treppe.

Mir blieb fast das Herz stehen. Nicht den geringsten Zweifel hatte ich gehabt, wieder neben dem Baumhof auszusteigen. Selbst wenn sie den Kasten nur gedreht hätten, hätte man das merken müssen. Ich sah Borst an, der meinen Blick nur abwartend erwiderte. Ich sah mich um. Wir waren ganz woanders und ich rannte los, um festzustellen, wo. Wir waren wieder in der Nähe einiger verfallener Häuser. Ein Feldweg führte von dort zu einer asphaltierten Straße. Dort stand ein Wegweiser. Ich rannte hinüber. Den Ort, der auf dem Schild stand, kannte ich. Zumindest wußte ich, wo er ungefähr liegen mußte. Auf dem Rückweg versuchte ich zu rechnen. Ich wußte nicht, ob der Wegweiser für mich nach Vorne oder zurück zeigte, aber ob wir nun dreißig oder hundertzehn Kilometer von unserem Ausgangspunkt entfernt waren, war ja wohl vollkommen unerheblich.

Borst wartete auf mich. Ich wußte nicht, was ich sagen sollte. Ja, ich wußte ja nicht mal, was ich denken sollte. Vielleicht war's leichter und angenehmer, verrückt zu werden, als die Tatsachen ins Bewußtsein sickern zu lassen. Ich flüchtete mich ins Aber. »Aber das ist doch verrückt. Es können sich doch nicht auf zwei verschiedenen Planeten zwei Rassen entwickeln, mit so ähnlichem Körperbau. Schau mal, Du kannst unsere Atmosphäre atmen, das ist Schwachsinn, das ist unmöglich! Schließlich herrschen hier nicht die Bedingungen für die Entstehung von Leben, sondern wir atmen Sauerstoff, weil der vor uns da war. Und wir haben zwei Beine, weil die dreibeinigen Aminosäuren in der Ursuppe zufällig mit Maggi verklebt wurden. Und wenn Du eine grüne Qualle mit drei Augen, vier Ohren und fünf Armen wärst, die unsere Atmosphäre nur vertragen kann, wenn sie direkt hinter dem Auspuff eines Autos liegt und fleißig ihre Zyankalipillen schluckt, dann wäre das alles viel wahrscheinlicher. Viel glaubhafter. Du kannst einfach nicht ...«

Als ich mich ausgekotzt hatte und kein Wort mehr über die Lippen brachte, sah Borst mich immer noch geduldig an.

»Du hast recht«, sagte er, »Du hast ja so recht. Deswegen war ich ja so fasziniert, als ich Euch gefunden hatte. Deswegen habe ich ja zwei Jahre hier zugebracht und jetzt mit dieser Kontaktaufnahme gegen die ungeschriebenen Gesetze verstoßen. Es ist so. Wir haben uns nicht nur zu gleichem Aussehen entwickelt, wir haben fast identische innere Organe und ich kann sogar Eure Nahrung vertragen. Anfangs dachte ich, ich hätte mich vergiftet, aber dann merkte ich, daß es nur daran lag, daß ich Euer Essen nicht zerkauen kann.« Er zeigte auf seine Zähne.

»Komm, ich lad' Dich zu einem Teller Jarg ein, das ist unsere Nahrung. Und dazu vielleicht ein Bier?«

»Erzähl mir nicht«, sagte ich, während wir wieder ins Schiff gingen, »daß es bei Euch ebenfalls Bier gibt.«

»Nein, das ist von Euch!«

»Aha, und wo besorgst Du Dir das in der Regel?« wollte ich wissen.

»Ich hab's mir nur einmal besorgen müssen, jetzt stellt es der UniMat her.«

»Freund von Dir?«

»Der UniMat ist ein universeller Materie-Syntheziser. Alles, dessen Molekularstruktur in seiner Datenbank gespeichert ist, setzt er aus den Molekülabfällen zusammen, die der Konverter liefert. Und wenn ihm mal das eine oder andere Element auszugehen droht, zeigt er an, was man in den Konverter schmeißen soll. Wasser, Sand, ein paar Schrauben oder einen Misthaufen, je nachdem. Und das hier ist Jarg.«

Wir standen vor dem Gerät, das der UniMat sein mußte. Borst entnahm ihm einen vollen Teller, den er mir reichte. Er deutete zu einem Tisch. Ich ging hinüber, setzte mich und betrachtete das Jarg. Es sah aus, wie kurze, dicke Bambusstangen, schien jedoch eine Art Frucht zu sein. Borst kam mit zwei Gläsern Bier und setzte sich. Er griff sich eine Jarg-Stange und sagte: »Jarg macht achtzig Prozent unserer Nahrung aus, ursprünglich wohl nahezu hundert. Es wächst auf dem ganzen Planeten und gedeiht das ganze Jahr. Übersetzen müßte man das Wort Jarg mit Nahrung, Erfüllung, Freund. Das zeigt am besten, wie sehr wir mit Jarg verbunden sind. Das andere, was es zeigt, sind unsere Zähne.« Er deutete darauf.

Er steckte die Jarg-Stange zu Hälfte in den Mund, biß zu und zog sie langsam und ruckelnd wieder heraus. Dann machte er dasselbe mit dem anderen Ende. Zurück blieben Fasern, die das Jarg offenbar der Länge nach durchzogen. Das Gebiß, das eher an das eines Fleischfressers erinnerte, war das eines Vegetariers.

Ich nahme mir eine Stange. Vom Geruch her erinnerte es schwach an Mango. Ich biß hinein. Ein süß-saurer Fruchtgeschmack, der leicht adstringierend war. So sehr ich auch versuchte, mit den Zähnen zu schneiden, ich konnte die Fasern nicht durchtrennen. Also zog ich sie heraus und hielt dabei die Zähne geschlossen. Die Jarg-Fasern suchten sich eine Lücke zwischen den Zähnen und setzten sich darin fest. Ich zog sie so gut es ging wieder heraus, würde jedoch noch die nächsten drei Tage mit den Resten zu kämpfen haben.

Während ich noch mit dem Jarg rang, war Borst aufgestanden und erschien jetzt mit einem Teller, auf dem sich offenbar ein Schweineschnitzel mit Kräuterbutter und Pommes Frites befand. In der anderen Hand hielt er ein Besteck und ein Schälchen Salat.

»Das ist bei Euch sehr beliebt, wie ich glaube. Ich hoffe, es liegt Dir mehr.«

Ich sah ihn ungläubig an und er beantwortete meine unausgesprochene Frage: »Ich habe im Laufe der Zeit hunderte von Sachen analysieren lassen und in die Datenbank des UniMaten transferiert. Du könntest Dich hier durchaus wohlfühlen, was das Essen angeht.«

Das Essen war tatsächlich einwandfrei. Ich spülte einen Bissen mit Bier herunter und ließ wieder meine Neugier auf Borst los.

»Also schön. Du sagst, Du bist seit zwei Jahren hier. Dann kann ich Dir ja kaum Neues erzählen. Darf ich Dich ausfragen?«

Er nickte.

»Woher kommst Du? Wer seid Ihr? Gibt es noch andere bewohnte Welten? Wieviele? Habt Ihr Kontakt untereinander? Und vor allen Dingen: Warum kommt Ihr heimlich hierher?«

»Eine Menge Fragen«, stellte Borst fest, »aber das ist nicht verwunderlich. Ich werde sie Dir alle ...«

»Skipper, ein Mensch nähert sich dem Schiff!« unterbrach der Computer. Borst sprang auf.

»Fein, dann werde ich vielleicht noch jemanden persönlich kennenlernen. Ich lad' ihn ein.«

Schon war er unterwegs zur Leiter.

»Ich weiß nicht, ob das so eine gute Idee ist«, gab ich zu bedenken. Er blieb stehen.

»Warum?«

»Naja, weißt Du, es sind nicht alle ... ich meine ... äh, ich glaub', ich hab' Dir da nicht reinzureden. Entschuldige!«

Er verschwand und ich fragte mich,ob ich nur nicht hatte teilen wollen oder ob ich mir Sorgen gemacht hatte.

Auf eine gewisse Weise schien Borst naiv und ich wußte nicht, ob er sich genug mit der menschlichen Natur befaßt hatte.

Ich stand vor den Computerkonsolen und versuchte deren Zweck zu erraten. Aber vielleicht, dachte ich mir, kann ich ja auch fragen.

»Computer, wozu ist dies hier?«

Ich zeigte darauf, denn ich wollte gleichzeitig sehen, wieviel der Computer sieht.

»Das sind die Steuerkontrollen des Schiffes!« war die Antwort.

Wie gut kann man sich mit einem Computer unterhalten, fragte ich mich.

»Aha, und wenn ich jetzt was Falsches anfasse, geht's ab zum Mond, wie?«

»Negativ, der Skipper hat die Steuerung mir übergeben, die Kontrollen sind nicht aktiv!«

»Aha. Sag, kannst Du mir ein Bild von draußen zeigen?«

Als Antwort flammte der Bildschirm auf. Er zeigte den Blick nach draußen, wie die danebenliegenden Fenster.

»Kannst Du etwas vergrößern?« fragte ich.

»Bitte geben Sie das Zielobjekt und den Vergrößerungsfaktor an.«

»Na, gut. Genau mittig, Vergrößerung, sagen wir, hundert.«

Sofort sprang das Bild um. Ich sah ein Stück Borke, unter dem ein Käfer verschwand.

»Zeig mir Borst«, befahl ich. Ich wollte wissen, ob man auch andere Richtungen auf dem Schirm sehen konnte. Das Bild zeigte nun Borst und den erwähnten Menschen. Ich konnte das Gesicht des Mannes sehen und es war nicht freundlich.

»Können wir Ton haben?« fragte ich.

Sofort hörte ich, was er sagte: »... Du dreckige Rothaut! Ich weiß nicht, was Du hier für 'ne Show abziehst, aber wenn Du nicht bald wieder hier verschwindest, werde ich Dir mit einem kräftigen Tritt nachhelfen!«

»Lieber Freund«, versuchte Borst ihn zu beschwichtigen und streckte die Hand aus.

»Tu das nicht!« murmelte ich beschwörend.

Da, im nächsten Augenblick riß der Typ ein Messer raus und schrie: »Faß mich nicht an, Du Mißgeburt!«

Während der Kerl Borst mit dem Messer vor der Nase herumwedelte, schrie ich: »Zieh Dich zurück, Borst!«

Aber er tat genau das Gegenteil und er konnte mich ja auch nicht hören. Bis ich draußen war, konnte es schon zu spät sein.

»Computer!« schrie ich, kannst Du Borst mit einem Schirm schützen?«

»Wie meinen Sie das?«

»Ein Schutzschild, ein Kraftfeld, um ihn abzuschirmen. Gegen eine Verletzung mit einer Waffe!«

»Ja, das geht.«

»Dann tu es!« schrie ich verzweifelt, weil im selben Moment der Kerl Borst das Messer in den Bauch stieß. Während Borst in die Knie ging, zog er es wieder heraus und stach nochmal zu. Doch diesmal traf er auf ein Hindernis, das unsichtbar zwischen ihnen stand. Das Messer prallte kreischend ab und fiel ihm aus der Hand. Der Kerl wollte nach Borst schlagen und scheiterte genauso. Es mußte unangenehm sein, das Feld zu berühren, denn er rieb sich die Hand und wich entsetzt und verstört zurück.

»OK, Computer«, sagte ich, »jetzt ein Feld ums ganze Schiff legen und langsam ausdehnen, bis Borst in seinem Inneren ist. Und sonst niemand! Geht das?«

Ich wußte nicht, ob man die beiden Felder ineinanderschieben könnte. Aber der Computer meldete: »Ausgeführt. Der Skipper ist im Innern des Schutzschirmes.«

»Gut«, sagte ich, »das kleine Feld ausschalten!« und stürzte die Leiter hinab.

Borst war bei Bewußtsein, aber von einem ungläubigen Entsetzen wie gelähmt. Ich stützte ihn und bugsierte ihn die Treppe hinauf.

»Computer, Einstieg verschließen!« Während sich die Tür schloß, sackte Borst zusammen. Er blutete immer stärker – sein Blut war ebenfalls rot, aber dennoch anders. Ich wollte ihn mir über sie Schulter legen, aber damit würde ich genau auf die Verletzung drücken. Ich packte ihn unter den Armen und zog ihn bis zur Leiter.

»Gibt's hier keinen Aufzug?« brüllte ich und eine Sekunde später öffnete sich die Wand neben der Leiter. Ich zog Borst hinein, die Tür schloß sich und öffnete sich nur einen Augenblick später auf der anderen Seite zum Kontrollraum hin. Ich hatte keinerlei Beschleunigung verspürt. Ich zog Borst aus dem Aufzug und sah mir die Wunde an.Ich sah nur Blut.Erste Hilfe, was hatte ich gelernt? Und wendete man dasselbe bei Außerirdischen an? Denk nach, sagte ich zu mir, denk nach! Ich zwang mich zur Ruhe.

»Computer, ich brauch' Deine Hilfe! Das ist ein Notfall, der Skipper ist verletzt. Gibt es sowas wie eine Krankenstation?

Einen Arzt oder sowas?«

»Die medizinische Abteilung befindet sich im hinteren Teil dieser Ebene.« Eine Tür öffnete sich.

»Ja, und? Wir brauchen eine Bahre, einen fahrbaren Tisch oder sowas. Wenn ich ihn weiter trage, verblutet er bestimmt!«

»Erbitte weitere Anweisungen«, sagte der Computer. Offenbar war er auf einen solchen Notfall nicht eingerichtet.

»Haben wir irgendwas zum transportieren von Lasten? Oder besser, kannst Du den Skipper nicht mit diesem Kraftfeld hochheben?«

Sofort erhob sich Borst und schwebte Richtung Tür.

»Toll, hoffentlich haben wir ihn nicht umgebracht, weil uns das nicht eher eingefallen ist. Danke für's Mitdenken, Du Blechdose!«

Ich folgte Borst und glaubte nicht, daß der Computer sich angesprochen fühlte.

Die 'Medizinische Abteilung' wußte, was zu tun war und brauchte keine Ratschläge meinerseits. Kaum lag Borst auf dem Tisch, erschienen überall Hebel und Arme. Die Kleidung wurde um die Wunde herum weggeschnitten, während ein klobiges Teil in geringem Abstand den Körper auf und ab fuhr. Vermutlich ein Diagnosegerät, dachte ich. Dann verschwand Borst Kopf unter einer Art Haube, man fing an die Wunde zu säubern und ich wurde aufgefordert, den Raum zu verlassen. Ich ging zurück in den Kontrollraum und versuchte nachzudenken.

Wie um mich zu beschäftigen, meldete der Computer: »Es nähern sich weitere Menschen!«

»Zeig sie mir!« sagte ich. Der Bildschirm sprang um und zeigte ein sich näherndes Polizeifahrzeug. Ich fragte mich, wie Borst wohl zwei Jahre unentdeckt geblieben sein wollte.

»Starten wir«, schlug ich dem Computer vor.

»Wohin?«

»Senkrecht nach oben, fünfhundert Kilometer sollten genü-
gen. Aber vorsichtig, Borst wird gerade operiert!«

Sofort wechselte das Bild und zeigte den Operationssaal.
Mehrere Instrumente steckten in Borst's Bauch, deren Funktion
ich nur erraten konnte. Man hörte nur das Geräusch der
Beatmung. Der Rest arbeitete fast lautlos. Nach nur wenigen
Minuten wurde die Bauchhöhle geschlossen (mit so einer Art
Klebepistole), eine weißliche Masse darüber verteilt (als Ver-
band?), die Arme zogen sich zurück und der Raum wurde ver-
dunkelt.

»OK«, sagte ich zum Computer, »jetzt kannst Du.«

»Bitte Anweisung präzisieren.«

»Na starten, wir wollten los.«

»Wir sind gestartet«, sagte der Computer und der Bildschirm
zeigte plötzlich ein Bild der Erde aus dem Weltraum.

Ich war so fasziniert von dem Anblick, daß ich Minuten brauchte, bevor ich wieder anfing zu denken. Ich hatte keine Beschleunigung verspürt und das, obwohl wir fünfhundert Kilometer –
ich zweifelte nicht daran, daß uns der Computer auf genau diese
Höhe gebracht hatte – in nur zehn Minuten zurückgelegt hatten.
Oder weniger, vielleicht waren wir schon länger dort gewesen.
Ebenso hatte sich nichts an der Schwerkraft geändert.

Bevor ich irgendwelche Fragen stellen konnte, meldete der
Computer: »Wir werden gerufen.«

»Wer ruft uns?«

»Verschiedene Bodenstationen und Flugzeuge, vermutlich
Angehörige militärischer Einrichtungen.«

»Ja verdammt, ich denke Ihr seid seit zwei Jahren unentdeckt
hier«, sagte ich, »wieso ist das jetzt anders?«

»Der Skipper hat die Tarnvorrichtung deaktivieren lassen.«

»Ja, zum Teufel, dann schalt sie doch wieder ein!«

»Bitte geben Sie den Autorisierungs-Code an.«

Der Computer erklärte mir freundlich aber bestimmt, daß er

mir – in seiner großen Weisheit und Güte – eine Befehlsgewalt über gewisse elementare Schiffsfunktionen eingeräumt habe. Er habe nämlich einen Notfall erkannt,der allerdings in seiner Programmierung nicht vorgesehen sei. Dies wiederum aktiviere ein Notprogramm, welches ihm eigenmächtige Entscheidung wie diese zugesteht.da wir im Moment aber nicht in einer ähnlichen Notsituation steckten, könne er diese meine Befehlsgewalt weder aufheben, noch erweitern. Dies könne nur der Skipper. Bei dieser Gelegenheit erfuhr ich noch, daß Borst, als er angefangen hatte mit dem Computer irdische Sprachen zu benutzen – sie sprachen außerdem noch Englisch, Französisch, Russisch, Chinesisch und Kisuaheli –, für sich die Bezeichnung Skipper gewählt hatte, weil das den Führer eines nichtmilitärischen Schiffes bezeichne.

Ich ließ mir wieder Borst zeigen und fragte den Computer nach seinem Zustand.

»Die primären lebenserhaltenden Funktionen sind stabil. Die Verletzung des Orwalch allerdings bedingt eine degenerative Beeinträchtigung des Zentralnervensystems.«

»Verletzung des was?«

Bei aller sonstigen körperlichen Ähnlichkeit, haben die Jegoni – so die Bezeichnung des Computer für Borst's Rasse in einer aussprechbaren Fassung – etwa auf Höhe unseres Solar Plexus eine Ausstülpung des Zentralnervensystems, welche direkt die Funktionen der inneren Organe kontrolliert und steuert. Eine Verletzung der Orwalch-Haut verheilt nicht, Körperenzyme dringen ein und lösen diesen Gehirnteil allmählich auf. Ab einem bestimmten Grad der Zerstörung ist die Steuerfunktion nicht mehr gewährleistet und der Kreislauf bricht zusammen. Die Messerspitze hatte diese Haut durchstoßen. Sie sei zwar genäht worden, würde aber nicht wieder zusammenwachsen. In der Regel würde in solchen Fällen eine Art künstliche Haut aufgebracht, dies wäre aber mit Bordmitteln nicht möglich.

Das war ein Todesurteil.

»Ist ja toll«, rief ich, »das ist vermutlich die einzige Stelle, wo der Idiot nicht hätte hinstechen dürfen!«

»Wir werden gerufen«, meldete der Computer wieder.

»Ach, bring uns zum Mond, ich muß nachdenken!«

Ich ging in die medizinische Abteilung und sah dem schlafenden Borst zu. In einer guten Stunde sollte er geweckt werden. Die medizinische Programmierung sah eine bestimmte Erholungsphase nach der Operation vor und der Computer sah absolut keine Notwendigkeit, davon abzuweichen, nur weil Borst nur noch Stunden bis Tage – so lautete die Prognose – zu leben hatte. Ganz zu schweigen davon, daß er noch nichts von seinem Schicksal wußte. Da kommt er von einem anderen Stern zu Besuch, verbringt zwei Jahre hier auf der Erde, erfüllt sich dann den Wunsch, zwei von uns zu treffen und der eine der beiden bringt ihn um!

Und der andere steht nur dumm daneben und sieht zu. Hätte ich denn etwas tun können? Hätte ich damit rechnen müssen, daß sich Borst ebenso ungeschützt wie naiv mit dem Raubtier Mensch einläßt, obwohl er zwei Jahre damit verbracht hatte, uns zu beobachten und zu studieren? Ein dringendes Bedürfnis lenkte mich von meinen Gedanken ab.

»Computer, wo sind die sanitären Anlagen?« Gott sei Dank stellte sich heraus, daß in dieser Richtung keine anatomischen Unterschiede zwischen unseren Rassen bestanden.

Ich stand wieder im Kontrollraum.

»Computer, wie weit ist es zu Eurem Heimatplaneten?«

»Die Entfernung beträgt vierundzwanzigkommadreisechsviernullsiebenvier Lichtjahre.«

»Ja, und sieben Zentimeter. So genau wollte ich's nicht wissen. Wie schnell können wir da sein?«

»Im momentanen Status würden wir etwas über einhundertvierunddreißig Jahre brauchen, weil Sie nur über die Linear-

triebwerke verfügen können. Unter Freigabe des Deformations-
antriebs brauchen wir bei der jeweilig höchstmöglichen
Beschleunigung und Verzögerung etwas unter vier Monaten.«

Das ist schnell. Vierundzwanzig Lichtjahre in vier Monaten ist
verdammt schnell. Aber es war nicht schnell genug, um Borst zu
retten. Wieder versuchte ich den Computer zu überreden, Borst
sofort aufzuwecken. Aber vergebens. Also verbrachte ich den
Rest der Zeit damit, vor der medizinischen Abteilung auf und ab
zu tigern und zu hoffen, daß Borst noch eine Lösung finden
würde. Endlich informierte der Computer mich, daß er Borst
jetzt aufwecken würde. Ich beschloß, noch ein, zwei Minuten zu
warten, bevor ich hineinging. Ich wollte Borst Zeit lassen, sich
zu orientieren und außerdem: Was sollte ich sagen? 'Man sagt,
Du wirst sterben.'? Oder 'Gut siehst Du aus.'? Als ich dann endlich eintrat, hatte mir der Computer die Hiobsbotschaft schon
abgenommen. Borst redete mit ihm, aber ich konnte kein Wort
verstehen. Offenbar sprachen sie in seiner Muttersprache. Ich
blieb an der Tür stehen und wartete.

Es wurde still. Borst stierte noch eine Weile vor sich hin, dann
sah er auf und lud mich mit einer Kopfbewegung ein, näherzu-
treten. »Du hast mir das Leben gerettet«, stellte er fest.

»Leider sieht's so aus, als hätte ich das eben nicht getan«,
erwiderte ich.

»Wie fühlst Du Dich?«

»Wie jemand, dem man gerade gesagt hat, daß er sterben
wird.«

Unser Humor schien sich auch nicht so fremd zu sein.

»Gibt es wirklich gar keine Möglichkeit?« wollte ich wissen.

»Nein, ich würde es auf keinen Fall lebend bis Heimat
schaffen. Abgesehen davon, müßte ich in den nächsten sechs bis
acht Stunden operiert und dann medikamentös behandelt werden. Alles, was ich jetzt tun kann, ist, mich möglichst wenig zu

bewegen, weil jede körperliche Tätigkeit die Orwalchintrusion beschleunigt.«

Ich sah ihn an.

»Und was jetzt?«

»Jetzt? Jetzt lernen wir uns kennen, wie ich das wollte.«

Wir richteten für Borst im Kontrollraum ein 'Lager' ein, das heißt ein bequemes Bett wurde aufgestellt und einige bequem erreichbare Abstellflächen angebracht. Der UniMat war einfacher zu bedienen als eine Waschmaschine und so war es mein Part, Getränke und Essen für uns zu holen.

»Wie konnte Dir das passieren«, wollte ich zunächst wissen, »wo Du so einen wirksamen Schutz wie dieses Kraftfeld zu Verfügung hast?«

Borst meinte, daß noch niemand von seinen Leuten auf die Idee gekommen wäre, ein Kraftfeld zur Verteidigung zu benutzen. Diese Kraftfelder würden zum Schutz des Raumschiffes gegen interstellare Materie oder zum Bewegen von Lasten eingesetzt, aber nicht als Schutzschirm für eine Person.Das gab mir eine erste Vorstellung von der Mentalität der Jegoni. Aber dennoch hätte er ein aggressives Verhalten, wenn schon nicht erwarten, so doch zumindest einkalkulieren müssen. Aber hier war er einem bösen Irrtum aufgesessen.

Eine direkte Beobachtung von einzelnen Menschen hatte er nur selten vorgenommen, um das Risiko der Entdeckung gering zu halten. Also hatte er sich aus den allgegenwärtigen elektromagnetischen Informationsträgerwellen, Radio, Fernsehen, Funkverkehr, seine Informationen geholt. Nun sollte man glauben, daß doch das alles – besonders die Fernsehfilme – ein Spiegel für unsere Gesellschaft und unser Wesen ist, aus dem sich durchaus eine gewisse Neigung zur Gewalttätigkeit des Menschen ableiten läßt.

»Auf Heimat«, sagte Borst, »haben wir auch unsere Geschichtenerzähler. Was sie sich ausdenken, darf nichts mit der Realität zu tun haben; das würde niemanden interessieren.«

Je abwegiger, abstruser und wirklichkeitsfremder diese Geschichten seien, desto höher wäre das Ansehen dieser Autoren. Besonders beliebt wären so etwas wie Horrorgeschichten.

Deshalb hatte Borst angenommen, daß auch unsere Geschichten von Menschen, die einander verletzen und töten, nichts mit unserer wahren Natur zu tun haben.

»Allerdings«, meinte er, »sind Eure Geschichten für unsere Begriffe auf einem ziemlich niedrigen Niveau.« Der Spaß am Schaudern erwächst bei den Jegoni aus einem hohen Maß an Ausgeglichenheit und Friedfertigkeit. Auch unsere Nachrichten, die von Gewalt aus politischen Motiven gespickt sind, hatte er unter diesem Aspekt fehlgedeutet. Auf Heimat wurde Politik mit Überzeugen und Überreden gemacht. Hin und wieder hatte es Führer gegeben, die sich mit einer Privatarmee ausstatteten. Diese hatte aber mehr repräsentativen Charakter. Weil den Jegoni Gewalt und Kampf so wesensfremd ist, taugen solche Truppen nicht zur Durchsetzung politischer Ziele. Dies hatte sich in der Geschichte die wenigen Male gezeigt, die tatsächlich jemand bereit gewesen war, für etwas zu kämpfen. Wenige Partisanen hatten sich immer erfolgreich gegen eine zahlenmäßig überlegene Söldnertruppe verteidigen können.

Überhaupt kannte man auf Heimat Gewalt eher aus den Geschichtbüchern, meinte Borst.

»Sicher, hin und wieder gibt es Leute, die mehr dazu neigen. Das aber meist in Situationen, in denen sie sich unterlegen und bedroht fühlen.«

»Angstbeißer!« stellte ich fest und wieder mußte ich einen Begriff erklären.

Unser Gespräch bestand mehr aus solchen Erklärungen

denn aus direkten Informationen über unsere Völker. Aber gerade über die Feststellung der Unterschiede schälen sich ja die jeweiligen Eigenarten heraus. Borst sprach auch von einem Wandel. Vor einigen Jahrhunderten war so etwas wie ein technisches Zeitalter zu Ende gegangen und einem mehr philosophisch orientiertem Dasein gewichen. Alles, was den Jegoni derzeit das Leben angenehm macht, stammt aus dieser Epoche. Formal sorgt eine angesehene Techniker-Kaste für den Erhalt aller Maschinen. Da diese aber quasi 'für die Ewigkeit' gebaut wurden, sinkt die Zahl derer, die in dieser Richtung noch etwas Neues schaffen könnten, stetig.

Wenig Interesse an der Technik und nur wenige, die noch Interesse für Abenteuer und Reisen haben. Auf Heimat würde man Leute wie Borst mit so etwas wie 'Eigenbrödler' bezeichnen. Trotzdem reichte es bei Borst nur für's Abenteuer, nicht weiter. »Frag den Computer«, bekam ich mehrfach zu hören, wenn ich mich nach irgendwelchen Schiffsfunktionen erkundigte. Die Stunden vergingen und obwohl ich mich ab und zu daran erinnerte, daß wir uns auf dem Mond befanden, konnte ich mich kaum von den Gedanken an Borsts bevorstehendes Ende lösen.

Am nächsten Morgen – genauer gesagt nach einer willkürlich festgelegten Schlafperiode – weckte mich der Computer. Borst hatte in der medizinischen Abteilung übernachtet und mir sein Quartier zugewiesen. Nachdem ich 'geduscht' hatte – das Wasser wurde irgendwie um einen herum vernebelt, so daß man naß wurde und doch nicht naß wurde; der Kick einer richtigen Dusche fehlte jedenfalls –, ging ich in den Kontrollraum, ließ den UniMaten einen Kaffee zaubern und fragte den Computer nach Borst.

Borst wäre merklich müder und schwächer als gewöhnlich und auch die medizinischen Daten begännen zu kippen, hieß es.

Kurz darauf kam er hereingeschwebt und wurde vom

Computer auf das Bett gelegt. Beim Frühstück hatte ich den Eindruck, daß es ihm Probleme machte, sich auf das Gespräch zu konzentrieren. Anschließend sagte er, er wolle noch etwas schlafen. Wir verdunkelten den Kontrollraum. Ich schaute aus den Fenstern und ließ mir auf dem Schirm die Umgebung zeigen. Jetzt war ich also auf dem Mond, und das ohne die umständliche Art der Anreise, wie sie die Apollo-Astronauten gewählt hatten. Eher so, wie man mit dem Bus in die Stadt fährt. Ich würde gerne draußen rumlaufen und den Mond erleben, dachte ich, aber ich mußte mir Gedanken um den Heimweg machen.

Plötzlich riß mich ein Alarmton aus meinen Gedanken. Es stellte sich aber heraus, daß es sich nur um ein Wecksignal für Borst handelte. Er konnte kaum aus den Augen gucken vor Müdigkeit und rief dem Computer etwas zu. Der UniMat spuckte ein Glas Wasser und ein paar Tabletten aus. Ich brachte sie Borst. Er schluckte eine und war Sekunden darauf fast wieder der Alte.

»Ich sehe zwei Möglichkeiten«, sagte er zu mir, »entweder ich setze Dich wieder ab und zerstöre dann das Schiff – wenn ich es nämlich alleine nach Hause schicke, wird sich niemand für meine Erlebnisse und Entdeckungen interessieren. Im Gegenteil, diejenigen, die die Raumfahrt für gefährlich halten und am liebsten abschaffen wollen, würden nur frische Nahrung bekommen. Dann bleibe ich lieber verschollen.«

Eine Pause entstand, während er vor sich hin sinnierte.

»Oder...?« fragte ich.

»Oder Du bringst das Schiff nach Heimat zurück.«

Mir stockte das Herz.

»Ich muß mir überlegen«, fuhr Borst fort, »ob ich Dir das Schiff anvertrauen kann – schließlich wäre das hier offenbar eine mächtige Waffe – und Du mußt Dir überlegen, ob Du ein, zwei Jahre hier wegkannst.«

Und wie ich kann, schoß es mir durch den Kopf. Aber dann kam mir ein anderer Gedanke. »Was ist mit der Relativität?« fragte ich. Und auf Borsts unverständliches Gesicht: »Wenn ich zu Euch fliege und zurück und bin zwei Jahre unterwegs, wieviel Zeit ist dann hier vergangen?«

Borst verstand nicht.

»Computer!?«

»Zwei Jahre!« antwortete der Computer.

»Die Frage beruht auf den auf der Erde bekannten physikalischen Gesetzen und Theorien, nach denen die Lichtgrenze die höchste mögliche Geschwindigkeit darstellt.« erklärte er Borst.

Und für mich: »Der von uns verwendete Deformationsantrieb erlaubt ein Reisen in Realzeit. 'Real' heißt bezogen auf den Zeitablauf aller Dinge, die sich langsamer als ein Zehntel Licht bewegen.«

»Wie funktioniert dieser Deformationsantrieb?« wollte ich wissen.

»Der D-Antrieb ...« begann der Computer, aber Borst stoppte ihn.

»Schluß, das hat Zeit! Du, mach Dir Gedanken, ob Du das machen würdest. Und ich ... ja, ich kann Dir das Schiff nicht mit irgendwelchen Sicherheitssperren übergeben. Wenn, dann muß ich Dir vertrauen. Kann ich das?«

Ich sah ihn an und antwortete: »Da kann ich Dir nicht helfen, das mußt Du ganz alleine wissen.«

Borst nickte vor sich hin und versank ins Nachdenken. Ich überlegte, ob ich mein Leben hierfür umkrempeln würde und die Antwort stand von vornherein fest. Ich hatte nichts, was ich schweren Herzens aufgeben würde. Meine Familie käme auch zurecht, ohne daß wir Weihnachten kurz telefonierten, mein Job war nur mein Job und jemanden, der mich hierhalten würde, gab's zur Zeit nicht. Auf der anderen Seite winkte ein einmaliges, phantastisches Erlebnis. Und da fragte er mich, ob ich das tun würde.

Wieder beschäftigte ich mich mit dem Mond. Die Zeit verging. Borst begann erneut ein Gespräch mit mir. Über den Mann, der auf ihn eingestochen hatte und seine Motive. Über Gewalt und Krieg und Politik. Über die Natur des Menschen. Über das Wesen dieses Raubtieres, welches diesen Planeten beherrscht. Zumindest in dem Sinne, was es unter beherrschen versteht, nämlich zerstören. Borst schluckte eine zweite Tablette. Wir redeten und redeten.Die Zeit verging. Erschluckte eine dritte Tablette und ließ sich in die Medizinische bringen und von der Diagnose-Einheit checken.

Als er wiederkam, sagte er ernst: »Ich habe nicht mehr viel Zeit. Jedenfalls nicht mehr für die wichtigen Dinge, die noch erledigt werden müssen.Also, ich habe mich entschieden Dir das Schiff zu übergeben.«

»Aus unseren Gesprächen heraus glaube ich, daß ich Dir vertrauen kann. Und daß ich nicht viele gefunden hätte, bei denen ich das könnte. Besonders ausschlaggebend war, daß Du nicht behauptet hast, ich könne Dir vertrauen. Also: Versprich mir, nicht hier zu bleiben mit dem Schiff, sondern es und mich nach Heimat zu bringen. Der Computer sagt Dir, wo Du meine Freunde finden wirst, der Rest regelt sich dann. Man wird Dich auch wieder nach Hause bringen, keine Sorge. Versprochen?«

»Versprochen!« sagte ich feierlich. Wir reichten uns die Hand, doch er zog mich an sich.

»Mein Freund!« sagte er. Dann richtete er sich auf und sagte laut: »Computer!«

»Skipper?«

»Aufzeichnen fürs Logbuch: Hiermit übertrage ich unserem Freund Doc, dem Erdenbürger, die generelle Befehlsvollmacht über das Schiff. Alle Sicherheitssperren werden aufgehoben. Borst.«

»Bitte Autorisierungs-Codes für Aufhebung der Sicherheitssperren angeben«, sagte der Computer.

»Antrieb.«

Borst antwortete mit Zahlen oder Worten in seiner Sprache. *Navigation, Lebenserhaltungssysteme, Tarnung, Kraftfelder, Ortung,* usw. Für jede wichtige Schiffsfunktion gab es eine Sperre, damit kein Unbefugter Zugriff hatte. Ich hätte die Codes lernen können, aber es war einfacher und sicherer, die Sperren ganz aufzuheben. Später könnte ich die Funktionen dann mit eigenen Sicherheits-Codes belegen.

Als er durch war, sagte Borst zu mir: »Jetzt gehört Dir das Schiff genauso wie mir. Ich hoffe, der Computer wird Dir ein guter Lehrer sein, ich stehe Dir leider nicht mehr zur Verfügung.«

Wir sahen uns an.

»Bring mich heim, mein Freund!« sagte er und wir umarmten uns stumm.

Ich wollte von ihm wissen, wie ich ihm helfen könnte, ob es für ihn ein bestimmtes Ritual gäbe oder so. Aber Borst war genausowenig religiös wie ich und bat mich lediglich, ihn allein zu lassen, wenn es soweit wäre. Er schlug mir vor, mir einen Raumanzug anzuziehen und auf dem Mond spazieren zu gehen.

Er ließ sich zur Schleusenkammer tragen und ich probierte einen der größeren der vorhandenen Anzüge. Er paßte so ziemlich. Borst schluckte eine weitere Tablette. Er ließ mich den Anzug wieder ausziehen und erneut, 'richtig' anziehen. Das beinhaltete die sanitären Anschlüße, sowie des Trinkwasserschlauches und des Nahrungskonzentratspenders.

»Das ist zwar für Deinen kleinen Ausflug nicht nötig, aber wenn, dann sollst Du's gleich richtig machen. Zur Sicherheit werden wir den Computer außerdem anweisen, die Anzugfunktionen – Temperatur, Sauerstoff, Schweißabsorption und so weiter – zu überwachen und nötigenfalls zu korrigieren. Dann kann Dir eigentlich nichts passieren.«

»Außer einem dummen Unfall«, erwiderte ich.

»Der kann Dir auch morgen oder nächste Woche passieren«, sagte Borst, »willst Du deswegen darauf verzichten, auf Eurem Trabanten spazieren zu gehen?«

Nein, das wollte ich natürlich nicht. Ich begann den Anzug wieder auszuziehen, ich käme dann später damit zurecht, versicherte ich Borst.

Aber Borst hielt mich zurück: »Es ist *jetzt* Zeit zum Spazierengehen!«

Das traf mich wie ein Faustschlag in den Magen. Mir wurde regelrecht schlecht. Ich zwängte mich wieder in den Anzug, der enger zu sein schien als vorhin. Dann stand ich da und schaute Borst an.

»Also, viel Spaß draußen«, sagte er leichthin, »bis nachher.«

»Bis nachher«, antworte ich ebenso unpassend, »setz schon mal 'nen Kaffee auf... «

»Innere Schleusentür öffnen!« befahl Borst. Die Tür glitt auf und ich trat hinein. Ich drehte mich nicht noch einmal um. Die Tür schloß sich hinter mir.

»Äußere Schleusentür öffnen!« Drei Stufen bis zur Mondoberfläche. 'Ein beschissenes Gefühl für einen Menschen und ganz bestimmt kein Ruhmesblatt für die Menschheit', dachte ich, während ich den Mond betrat. Für dieses Erlebnis zahlte Borst mit seinem Leben. Ich war noch so betroffen, daß mir vorher kaum zu Bewußtsein gekommen war, wie der Computer in der Schleuse die Schwerkraft reduziert hatte. Kurzzeitig hatte ich das Gefühl, wie in einem abstürzenden Fahrstuhl gehabt. Aber die Anpassungsphase hatte nur Sekunden gedauert. Jetzt mußte ich zwar lernen mich unter Mondschwerkraft zu bewegen, aber kein Schwindelgefühl beeinflußte meinen Gleichgewichtssinn. Nachdem ich mit den ersten vorsichtigen Schritten versucht hatte, Bodenkontakt zu halten und schöne Fußabdrücke im Mondstaub zu hinterlassen, wurde ich langsam mutiger und

bald übermütig. »Wußten Sie schon von dem Mondkänguruh?«
schrie ich wild umherhüpfend.

Niemand antwortete. Niemand hatte Teil an meinem Erleben.
Die Stille wurde mir bewußt.Ich mußte wieder an Borst denken.
Der wollte aber, daß ich mich ablenke.

>> »Computer, erzähl mir was!«

»Bitte Anweisung präzisieren.«

»Sag mir einfach alle fünf Minuten, wie weit ich vom Schiff
entfernt bin, wie lange ich für den Rückweg brauchen werde, wie
lang der Sauerstoff noch reicht, welche Temperatur hier
draußen herrscht und wie das Wetter wird. Und frag mich, wie
ich mich fühle!«

»Wie fühlen Sie sich, Doc? Könnten Sie bitte die Anweisung,
die das Wetter betrifft, umformulieren?«

»Weißt Du was? Vergiß die ganze Sache wieder!«

»Das kann ich nicht. Soll ich die Anweisungen als storniert
betrachten?«

»Du bist ein kluges Bürschchen«, erwiderte ich und erläuter-
te dann: »Das bedeutet: Ja.« Ich hoffte, daß sich etwas am
Charakter des Computers ändern ließe, schließlich würde er für
lange Zeit mein Gefährte sein.

Je mehr ich lernte, bei einsechstel Erdschwerkraft das Gleich-
gewicht zu halten, desto mehr Spaß machte es, sich mit großen
Sprüngen zu bewegen. Wie auf einem Trampolin, dachte ich,
nur in Zeitlupe. Trotzdem strauchelte ich manchmal. Einmal, als
ich gerade auf dem Rücken gelandet war, machte ich mir doch
Sorgen. Der Rückentornister hatte zwar sehr stabil ausgesehen,
aber es wäre nicht verwunderlich, wenn er doch relativ empfind-
lich wäre. Der Computer beruhigte mich in dieser Hinsicht und
so tollte ich bald wieder ausgelassen herum. Bis es dann doch
passierte. Eigentlich hatte ich gedacht, mich bei dieser 'langsa-
men' Schwerkraft immer noch rechtzeitig abfangen zu können.

Aber irgendwie hatte ich die Hände wohl zur falschen Zeit am falschen Ort, wie man so schön sagt.

Jedenfalls knallte ich mit dem Kopf, genauer gesagt, der rechter Helmseite, auf einen Stein. Nichts passiert, dachte ich noch, als es auf einmal blendend hell wurde. Ich preßte meine Augenlider zu, schob mich auf die Knie und hielt mir mit den Händen das Visier zu, um die Augen öffnen zu können. Trotzdem schloß ich sie sofort wieder. »Computer, ich kann nichts mehr sehen, es ist zu hell. Was ist passiert?«

»Der Steuerchip für Ihren UV-Filter ist beschädigt. Sehen Sie auf keinen Fall in die Sonne!«

»Na großartig! Und wo ist die Sonne? Kannst Du meine Positon bestimmen?«

Nun, der Computer konnte mir zwar genau sagen, wie weit ich vom Schiff entfernt war und in welcher Richtung, aber meine Orientierung zum Schiff bzw. zur Sonne konnte er nicht bestimmen, da ich mich zufällig in einem der beiden toten Winkel der Kameras befand.

Ich beugte mich vor zum Boden und suchte blinzelnd meinen Schatten. Ich stand so auf, daß er vor mir war. Glücklicherweise stand die Sonne recht niedrig. Ich bewegte mich vorsichtig ein paar Schritte seitwärts, damit der Computer meine Positons-änderung erfassen konnte und ließ mich dann von ihm zum Schiff dirigieren. Einen Teil des Weges mußte ich rückwärts zurücklegen. Einmal stolperte ich und klappte sofort wie ein Taschenmesser nach vorne, um auf dem ausgestreckten Hintern zu landen. Hauptsache, die Sonne blieb hinter mir. Als ich später den Computer danach fragte, sagte er, der Rückweg hatte mich fast fünfundsiebzig Minuten gekostet. Während ich mich in der Schleusenkammer aus dem Anzug arbeitete und darüber nachdachte, in welcher Klemme ich gesteckt hatte, kamen mir auf einmal die einleuchtendsten Zweifel.

»Computer, hättest Du mich nicht mit so einem Kraftfeld rein-
holen können? Hättest Du nicht das Schiff drehen können,
damit mich die Kameras erfassen? Hättest Du nicht überhaupt
das ganze verdammte Schiff zu mir bringen können?«

»Ja, das wäre alles möglich gewesen«, war die lapidare
Antwort.

Aber er hatte ja von mir keine entsprechenden Anweisungen
bekommen. Ich beschloß, als erstes an der Selbständigkeit meines blechernen Freundes zu arbeiten. Wie er mir – auf Anfrage,
natürlich – erklärte, sah seine Programmierung durchaus eine
gewisse Lern- und Anpassungsfähigkeit vor. Offenbar war Borst
zu sehr an den Computer angepaßt gewesen, als daß sich umgekehrt dieser hatte an ihn anpassen müssen.

Borst. Gewesen. Plötzlich wurde mir wieder schlecht, als ich an
Borst denken mußte. Ich zog meine Sachen an, die ich hier abge-
legt hatte und da ich ja eigentlich nicht wiederkommen sollte, bis
es vorbei war – weil ich erst wiederkommen sollte, wenn Borst
tot war, um die Dinge beim Namen zu nennen –, stellte ich dem
Computer die unvermeidliche Frage: »Wie geht's Borst?«

»Der Skipper ist vor dreiundzwanzig Minuten verstorben,
Skipper.«

Ich schwieg. In meinem Kopf kreisten die Gedanken wie
abgedeckte Dachpfannen in einem Tornado und ich versuchte
mit aller Gewalt, nicht hinzuhören. Ich hatte jetzt viel zu tun.
Unter anderem mußte ich mich auch um Borst kümmern und
um ihn trauern. Aber nicht alles gleichzeitig. Ich zwang mich zur
Ruhe. Einen Schritt nach dem anderen!

»Computer, Dein Name ist Eddi! Und zu mir sagst Du Doc und
Du, verstanden?«

»Ja, Doc.«

Ich ging in den Kommandoraum, – Borst war in der Medizinischen – setzte mich und dachte nach.

»OK, Eddi, was machen die Jegoni mit ihren Toten? Und berücksichtige unsere Situation!« fügte ich hinzu, um ihm einen Schubs in Richtung Denken zu geben.

»Wenn früher ein Mitglied einer Mannschaft verstarb, wurde er in den Konverter gegeben, um keine Substanz zu vergeuden. Bei den heutigen Einzelfahrern sieht die Computerprogrammierung vor, daß das Schiff unter Vakuum gesetzt und nach Heimat gebracht wird.«

»Ersteres ist nicht unvernüftig«, sagte ich, »machen wir aber nicht, weil wir Borst ja nach Hause bringen wollen. Letzteres wäre für mich wohl etwas unangenehm, also lassen wir auch das.«

»Es würde Dich töten, das ist mit 'unangenehm' falsch umschrieben!« unterbrach mich Eddi.

Ich erzählte ihm etwas von Understatement und Ironie und bildete mir ein, daß er aufmerksam zuhörte, weil ich ihn nicht mit den Augen rollen sehen konnte.

Jedenfalls bekam ich heraus, das kein besonderes Ritual oder Zeremonie in dieser Situation erforderlich wäre. Ich mußte also lediglich dafür Sorge tragen, daß ein Leichnam überführt würde.

Ich ließ mir den Teil des Schiffes zeigen, den ich noch nicht kannte. Hinten in der unteren Ebene, quasi diametral zum Kommandoraum, befand sich das 'Dock'. Bei Außenarbeiten, im Vakuum, wurde dieser Raum ohne Druck gelassen und nur mit Raumanzügen betreten. Man startete von hier mit kleinen Hilfsschlitten durch die große Heckklappe, die die ganze Zeit offen blieb, so daß nicht ständig wegen jedem Teil geschleust werden mußte. Das war allerdings, wie Eddi zu berichten wußte, in den letzten zweiundachtzig Jahren nicht mehr vorgekommen. Ich beschloß, hier einen Platz für Borst zu schaffen und das Dock dann evakuieren zu lassen.

Nachdem ich dem Computer gesagt hatte, was ich für Borst

haben wollte, lernte ich unseren Arbeitsrobot kennen. Eigentlich war er so etwas wie der Operationstisch in der Medizinischen, nur hatte er andere Funktionen und einige mehr. Aus einem großen Stahlblech schnitt und schweißte er eine Art Bahre mit drei Sicherheitsbügeln.

Ich wollte nicht, daß, sollte doch mal die Schwerkraft ausfallen, Borst sich selbständig machte oder aber, daß etwas anderes ihn verletzen könnte. Nachdem dieses ungewöhnliche, vorübergehende Grab aufgestellt war, ging ich zu Borst und hüllte ihn in ein Laken. Ich ließ es mir nicht nehmen, ihn selbst zu tragen. Von der Medizinischen zum Aufzug und durch die Maschinenräume ins Dock. Ich bettete ihn auf der Bahre und verschloß die Bügel. Ich hatte mir vorgenommen, ein paar Worte zu sagen. Aber nicht alleine zu dem toten Borst.

Der Computer sollte meine Worte auf den in Frage kommenden Frequenzen zur Erde übertragen.

»Meine Damen und Herren, Mitbürger der Erde, dies ist eine Trauerfeier. Ich stehe hier an Bord eines Raumschiffes am Totenbett eines Gastes. Dieser Mann kam als Besucher zu uns auf die Erde und wurde von einem der unseren getötet. Das war unsere Art von Gastfreundschaft. Offenbar ist die Erde nicht reif für einen solchen Kontakt, auch wenn viele ihn sich herbeigesehnt haben. Ich werde den Körper dieses Mannes zu seinem Heimatplaneten zurückbringen. Nicht nur, weil er mir in den wenigen Stunden, die wir uns kannten, ein echter Freund geworden ist, sondern auch, um bei seinem Volk für uns um Verzeihung zu bitten. Ob Sie je wieder von den Jegoni oder auch von mir hören werden, wird die Zukunft zeigen. Wünschen Sie uns eine gute Reise!«

# DAS SCHIFF

Nachdem ich Abschied genommen hatte, stand ich mit einem Glas Bier in der Kommandozentrale, dort wo ich mit Borst beisammen gesessen hatte, und dachte nach. Zuerst wollte ich das Schiff kennenlernen. Alles lernen über seine Funktionen und Möglichkeiten und über seine Schwächen und Grenzen. Dann wollte ich alles über die Jegoni lernen und schließlich ihre Sprache. Erst dann wollte ich mich aufmachen nach Heimat. Bis dahin würde ich mich durchs Sonnensystem treiben lassen und die Planeten besuchen. Welch ein phantastischer Gedanke, die Ringe des Saturns aus der Nähe sehen zu können oder den roten Fleck des Jupiter. Eddi meldete, daß wir gerufen würden, aber ich konnte mir schon denken, was die UNO oder wer auch immmer, von mir wollte. Ich befahl ihm, das zu ignorieren. Dann ritt mich ein Teufelchen.

»Eddi, wir fliegen zur Erde, schnurgerade darauf zu. Sobald wir in die Atmosphäre eintauchen, schaltest Du die Tarnung ein und ab geht's. Sagen wir, zum Mars!«

Bis zum Mars brauchten wir siebenunddreißig Stunden – wie ich nach zwei Schlafperioden und geraumer Zeit dumpfen Brütens über die Sinnlosigkeit Borsts Todes feststellte – und das auch nur, weil Mars fast auf der gegenüberliegenden Seite der Sonne stand. Das ging mir zu schnell. Ich mußte mich mit dem Computer auf eine vernünftige Reisegeschwindigkeit einigen. Wenn wir nicht wenigstens einige Wochen bis zum Jupiter brauchen würden, hätte ich zu sehr das Gefühl, hier nur ein Computerspiel zu befehligen. Ich legte also Eddi meine Wünsche und Vorstellungen dar und überließ es vorläufig ihm, sich die erforderliche Geschwindigkeit auszurechnen. Das war eigentlich die Gelegenheit, etwas über den Antrieb des Schiffes zu erfahren und riß mich aus meiner Lethargie. Auch wenn mir gleich wieder die offengebliebene Frage nach dem D-Antrieb einfiel, riß ich mich doch zusammen und beschloß schrittweise vorzugehen.

»Also«, sagte ich zu Eddi, »beginnen wir mit dem Linear-Antrieb.«

Von der Tachyonenfeld-Theorie hatte ich schon einmal gehört. Die Sonne, jede Sonne, stößt einen ununterbrochenen Strom dieser subatomaren Teilchen aus. So ist der ganze Kosmos angefüllt mit Tachyonen, die kreuz und quer hindurchjagen – mit den unterschiedlichsten Geschwindigkeiten bis zur Lichtgeschwindigkeit und nach Ansicht einiger auch darüber. Nun haben diese Tachyonen für uns keine praktische Bedeutung, weil sie Materie durchdringen wie ein glühender Metallsplitter eine Buttercremetorte.

Die einzigen, die auf der Erde überhaupt Notiz von den Tachyonen genommen hatten, sind die sogenannten Spinner, die Maschinen entwickelten, in denen sich Magneten über ein ausgeklügeltes System von Anziehung und Abstoßung bewegten und die einen Wirkungsgrad von über hundert Prozent erzielten. Da dies den bekannten Naturgesetzen widersprach, wurde den Leuten regelmäßig das Patent verweigert und die Menschheit verheizte weiter ihre Ölreserven, damit die Wälder schneller starben.

Ein zweiter Punkt ist, daß dieses Tachyonenfeld eine einleuchtende Ursache für die Schwerkraft liefert. Die Physik kann zwar den Zusammenhang zwischen Masse und Gravitation beschreiben, nicht aber erklären, warum eine Masse Schwerkraft besitzt. Die Tachyonenfeldtheorie macht aus dem Anziehungsphänomen Schwerkraft ein Schubphänomen. Tachyonen durchdringen Massen zwar problemlos, trotzdem tritt eine gewisse Reibung auf, sie werden von ihnen abgebremst. Bei einem Menschen fällt das nicht auf, bei einem Planeten sieht das schon ganz anders aus. Erstens wird diese Reibung in Wärme umgesetzt – die sich im Zentrum zum höchsten Wert addiert. Das erklärt, warum die Erde immer noch nicht abgekühlt ist und dies auch nie tun wird. Zweitens, wenn da Reibung ist, ist da Kontakt, findet eine Kraftübertragung statt, werden Körper von den Tachyonen angeschoben, bewegt. Da die Tachyonen beim Durchqueren eines Planeten abgebremst werden, ist, in unmittelbarer Nähe eines Planeten, die Summe der Kräfte der Tachyonen, die aus seiner Richtung kommen, geringer als die Summe der Kräfte von außen. Folglich wird ein Körper auf den Planeten zugeschoben.

Der Linearantrieb ist nichts weiter als eine Art Schutzschirm gegen Tachyonen. Nun ist dieser Schirm nicht etwa für Tachyonen undurchlässig, so daß sie ihn und damit das Schiff vor sich herschieben – erste Versuche in dieser Richtung hatten immer zu einem Zusammenbrechen des Schirms geführt –, sondern die Jegoni hatten einen Weg gefunden, daß die Tachyonen nicht einfach nur zurückgehalten und reflektiert werden, sondern sie werden zerstreut, absorbiert, irgendwie in eine andere Dimension versetzt. Jedenfalls sind sie weg, auf einer Seite, und das Schiff beginnt jetzt – angeschoben von den Tachyonen aus allen anderen Richtungen – in Richtung dieses Schirmes zu stürzen. Obwohl ihm so immer mehr Tachyonen entgegenstürzen, kommt es zu keiner Sättigung der Schirmtätigkeit. Der Schirm kann jede beliebige Menge wegstecken. Der begenzende Faktor ist vielmehr die Tatsache, daß die Zahl der Tachyonen, die noch schneller sind als das Schiff, mit zunehmender Geschwindigkeit stark abnimmt und deshalb die Schubwirkung dramatisch nachläßt. Mit dem Linearantrieb zu versuchen, auch nur halbe Lichtgeschwindigkeit zu erreichen, würde deshalb viele, viele Monate dauern.

Aber im unteren Geschwindigkeitsbereich gibt es nichts, was mit seiner Beschleunigung mithalten kann. Gesteuert wird durch die

Positionierung des Feldes zum Schiff. Dessen Größe bestimmt
den Impuls, der das Schiff anschiebt. Solange das Feld einge-
schaltet ist, wird das Schiff beschleunigt. Ohne Feld behält es
natürlich Richtung und Geschwindigkeit bei und zum Bremsen
braucht man ein Feld in der Gegenrichtung. Da die Tachyonen
alles anschieben, das Schiff, die Menschen, einen Kugelschrei-
ber, selbst den Kaffee im Pappbecher, ist dieser Antrieb völlig
trägheitslos. Die irrwitzigsten Beschleunigungen, die einen auf
einem anderen Schiff als feinen Schleimfilm auf der Wand verteilen würden, werden überhaupt nicht bemerkt. Übrigens ist es
ein unter dem Schiff stehendes oszillierendes Feld, das für die
Schwerkraft an Bord sorgt.

Nachdem mir das alles klar war, wollte ich mir diesen T-
Feldgenerator, der den Linearantrieb darstellt, mal ansehen. Ich
ging runter ins Maschinendeck und ließ ihn mir zeigen. Der
Computer zeigte mir zwei. Alle Einrichtungen sind doppelt vorhanden, erklärte mir Eddi, so daß man bei einem Ausfall eines
Gerätes keine Probleme bekommt. Beide werden alternierend
benutzt, so daß nicht eines funktionslos auf seinen Noteinsatz
wartet und dann vielleicht deshalb ebenfalls Probleme macht.
Diese doppelte Bestückung ist deshalb vorgenommen worden,
damit die Schiffe ohne Ingenieur und Reparaturteam auskom-
men, zumal es seit langem sowieso kaum noch jemanden gibt,
der solche Reparaturen vornehmen könnte. Beim nächsten
Aufenthalt auf Heimat wird dann die defekte Einheit ausge-
tauscht. Was ich zu sehen bekam, entsprach diesem Konzept
ebenfalls; man sah nämlich gar nichts, nur ein Gehäuse. Das war
Blackbox-Mentalität in Vollendung, dachte ich.

Dies brachte mich wieder zu den Gedanken, die ich mir schon
einmal zu Sicherheit und Notfällen gemacht hatte. Eddi antwortete, daß es an Bord keinerlei Vorräte gäbe. Weder Wasser, noch
Sauerstoff, noch Nahrung wurde für den Notfall gebunkert. Da

der UniMat alles Gewünschte herstellen kann und ein zweites Gerät in Reserve vorhanden wäre, bestand keinerlei Veranlassung dazu.

»Ach, und was machst Du im Notfall, wenn der Strom ausfällt? Wenn die Energiequelle defekt ist oder zerstört wird?«

»Es hat noch nie einen Defekt an einer Zelle gegeben und vor Zerstörung schützen die durch sie gespeisten Schirmgeneratoren«, belehrte mich Eddi.

Diese 'Zelle' hatte er schon einmal erwähnt, sie ist das Herz, welches dem Schiff Leben verleiht. Als nächstes durfte mich Eddi über diese Zelle aufklären, aber vorher gab ich genaue Anweisungen, wie und wo ich Notvorräte untergebracht haben wollte. Diese Erhabenheit über unvorhergesehene Zwischenfälle der Jegoni könnte auf einer gewissen Selbstüberschätzung beruhen. Vielleicht ist das ja eine natürliche Folge ihrer tatsächlich überragenden technischen Möglichkeiten. Was ihre technischen Fähigkeiten anging, zehrten sie allerdings vom Verdienst ihrer Großväter und wenn ich diese auch nur bewundern konnte, entsprach es nicht meiner Mentalität, mich auf Gedeih und Verderb auf deren weise Voraussicht zu verlassen.

Die Zelle. Ähnlich wie ein Atomreaktor braucht sie keinen von außen zugeführten Treibstoff, sondern erzeugt die Energie aus sich selbst. Anders als ein Atomreaktor wird sie aber nicht angefahren, wenn Energie gebraucht und abgeschaltet, wenn keine Energie gebraucht wird. Sie liefert kontinuierlich Energie, die zum Teil, vollständig – obwohl es fast unmöglich ist, sie auszureizen – oder auch gar nicht genutzt werden kann. Die überschüßige Energie verschwindet einfach aus diesem Universum, dahin, wo sie auch herkommt (oder vielleicht auch woanders hin). Deshalb braucht man sich weder um überschüßige, noch um verschwendete Energie Gedanken zu machen.

Die Zelle arbeitet etwa hundertachtzig Jahre, egal ob das Schiff stillsteht oder ständig mit höchstem Verbrauch läuft, bis ein kompliziertes Geflecht aus Osmium-, Iridium- und Platinfasern sich auflöst, weil es ganz langsam, quasi atomweise, verdampft. Das ist der einzige Verbrauchsmaterialeinsatz. Diese 'Antenne' öffnet einen Kanal in ein oder mehrere Paralleluniversen und zapft ein Energiegefälle an.

Das ist alles. Es funktioniert einfach; wie und warum hatte niemand herausbekommen. Die Entwicklung war ein Zufallsprodukt, der Konstrukteur der ersten Zelle hatte ganz andere Absichten gehabt. Wenn ich Eddi richtig verstand, ging es dabei um eine Synthese von Technik und Kunst.

»Find' ich großartig, Eddi, daß wir beim Saturn nicht nach einer Tankstelle Ausschau halten müssen. Ich hatte mir schon Sorgen gemacht.«

Eddi antwortete nicht. Er blätterte vermutlich in seinen Aufzeichnungen von der Erde, um dort die Funktion einer Tankstelle herauszufinden und meinen Ausspruch verstehen zu können.Diese Anweisung hatte er von mir bekommen und wenn ich lediglich eine Feststellung traf, schien das auch zu funktionieren. Gekoppelt mit einer Frage oder einem Befehl jedoch gab es noch Probleme, weil die Beantwortung oder Ausführung für Eddi Priorität hatte, obwohl das andere, das Nachschlagen – für mich jedenfalls – keine meßbare Zeit in Anspruch nahm.

Pause, dachte ich. Diese Schulstunden waren zwar die interessantesten meines Lebens, aber ich wollte vernünftig bleiben und nicht ununterbrochen Wissen in mich reinpumpen. Auch wenn man hochinteressiert ist, läßt doch die Aufnahmefähigkeit mit der Zeit nach. Und schließlich mußte ich mich nicht beeilen.

Und, es gab noch andere interessante Sachen. Ich erinnerte mich, wo wir uns seit geraumer Zeit befanden. Zurück im Kommandoraum holte ich mir aus dem UniMaten was zu futtern und setzte mich gemütlich vor den Fernseher. Das heißt, ich wies Eddi an, mir ein Bild von draußen auf den Schirm zu

geben. Da war er, der Mars, sagenumwobener Planet der altbe-
kannten Marsmännchen, Wiege so mancher Invasion gegen die
Erde; zumindest in der Phantasie der frühen Autoren, als der
Begriff Science Fiction noch gar nicht geprägt war. Naja, rötlich
war er schon, aber das war auch schon alles. 'Wie', sagte ich zu
mir selbst, 'da hast Du die Chance als erster Mensch auf dem
Mars zu sein und alles, was Dir dabei einfällt, ist naja?'

'Jetzt halt mal die Luft an!, antworte ich mir, 'ich hab' aber auch
die Möglichkeit als erster Mensch auf dem Saturn oder auf dem
Pluto zu stehen. Und eine Welt zu besuchen, die vierundzwan-
zigeinhalb Lichtjahre entfernt ist und da soll ich mir auf dem
Mars vor Aufregung in die Hose pinkeln?' Da hatte ich auch
wieder recht. Bemerkenswert, wie sich in kürzester Zeit die
Maßstäbe verschieben können. Ich sagte mir, daß ich dem Mars
aber trotzdem eine Chance schuldig wäre und wies Eddi an,
langsam, in großen Schleifen tiefer zu gehen. Vielleicht könnte
ich etwas Interessantes entdecken. Ich genoß es, das Schiff mit
Worten überall dorthin zu lenken, wohin ich es wollte. Es gab
kein Manöver, das nicht möglich war, weil wir uns nicht mit solchen Hindernissen wie Ballistik oder Dynamik abgeben mußten.
Ich fragte mich, wie schwierig es sein würde, das Schiff manuell
zu steuern. Später, sagte ich mir aber, später!

Der Mars, zumindest das, was ich davon zu sehen bekam, ist mit
dem Begriff Steinwüste am besten beschrieben. Sand und Felsen
bestimmen das Bild. Von den berühmten Kanälen ist aus der
Nähe nichts zu sehen, allerdings bemerkte ich einen riesigen
Canyon als wir runtergingen. Wie riesig dieser tatsächlich ist,
sah ich erst später. Zunächst umflogen wir den Planeten in
einem halben Kilometer Höhe. Zuerst erinnerte mich die
Oberfläche an den Mond. Dann kam eine Ebene, ganz flach,
ohne geographische Strukturen, nur hier und da scharfe
Bruchkanten als kleine Erhebungen. Es sah aus als wäre der

ganze Boden eingestürzt. Dann folgte ein riesiges Bergmassiv aus Vulkanen. Wir stiegen über zwanzig Kilometer in die Höhe, um darüber hinweg zu kommen.hinter den Bergen dann waberte ein riesiges Ungeheuer. Hier tobte ein Staubsturm, der den Rest der Tagseite und fast die ganze Nachtseite einnahm.

Dieser Staubsturm zeigte deutlich, daß die Rottöne, die hier vorherrschen, von der Farbe des Gesteins abhängen und nicht von der Atmosphäre hervorgerufen werden.

»Eddi, hast Du Informationen über die Atmosphäre?«

»Ich habe Informationen aus astronomischen Veröffentlichungen von der Erde, Doc, ich kann aber auch die lokalen Daten abrufen.«

Wieder erfuhr ich etwas Neues über das Schiff. Es verfügte über eine 'Physikalisch-Chemisch-Biologische Analyse Einheit' über deren diverse Funktionsmöglichkeiten mich Eddi auf die Schnelle nicht aufklären konnte. Alles, was ich im Moment begriff, war, daß man es geschafft hatte, mehrere Universitäten in einem Kasten von vier Kubikmetern und ein paar Leitungen unterzubringen. Ich taufte das Ding 'ABC-Scanner' und wandte mich wieder dem Mars zu.

Die Atmosphäre besteht aus durchschnittlich 95,24% Kohlendioxid, 2,68% Stickstoff, 1,61% Argon und 0,08% Neon. Den Rest teilen sich Stickoxide, Kohlenmonoxid und Spuren von halogeniertem Methan.Die Atmosphäre enthält kein Wasser, da die Temperaturen nur am Äquator zur Mittagszeit seinen Schmelzpunkt überschreiten. Die Polkappen bestehen fast vollständig aus Kohlendioxid-Schnee. Deshalb sind die obigen Angaben nur Durchschnittswerte. Der Sublimationspunkt (Übergang von fest in gasförmig) von Kohlendioxid liegt bei minus 78°C. Das heißt, daß in den Randzonen der Polkappen, wo die Temperaturen so tief liegen, es jeden Abend schneit und jeden Morgen der $CO_2$-Schnee wieder schmilzt und so die

Atmosphäre auffüllt. Das gleicht sich global gesehen aus, führt aber zu lokalen Schwankungen.

Über den Polen findet sich also kein $CO_2$-Gas mehr, so daß der Gehalt der übrigen Gase von insgesamt fünf Prozent auf hundert Prozent ansteigt, absolut gesehen ist dort aber nicht mehr Stickstoff und Argon, sondern eher weniger, da die Rotation die Atmosphäre zum Äquator treibt und der Luftdruck an den Polen zwanzig mal geringer ist als dort.

»Wie sieht's aus mit Wasser, Eddi, findet sich da welches? Und gibt's Anzeichen für Leben?«

»Geringe Mengen Wassers sind zu erwarten«, war die Antwort, »die Vorraussetzungen für organisches Leben sind jedoch in mehrerlei Hinsicht nicht gegeben.«

Ich wurde hellhörig, weil Eddi in seiner Antwort von der Frage abgewichen war. »Und anorganisches Leben...?«

»Der Kenntnisstand über die Entstehung anorganischen Lebens ist zu gering, um diese Frage beantworten zu können. Bisher sind nur zwei Fälle von primitiven Urformen anorganischen Lebens bekannt.«

Auf die Frage, wo am ehesten Wasser zu finden wäre, meinte Eddi dort, wo's wärmer sei. In der Nähe eines noch tätigen Vulkans oder im Marsinnern. Dieser Canyon hatte mich sowieso gereizt. In fünf Minuten waren wir da und ich konnte nicht glauben, was ich sah. Beim ersten Mal waren wir offenbar noch gut hundert Kilometer hoch gewesen und ich hätte da schon gewettet, daß der Grand Canyon dagegen verblaßt. Jetzt hingen wir über dem Rand und ich konnte die gegenüberliegende Seite nur mit Vergrößerung sehen. Einhundertsiebzig Kilometer gab Eddi an. Wir sanken hinab in den Canyon. Das Innere erschien jetzt wie eine Tiefebene. Fünf Kilometer unter Randniveau und immer noch nicht unten. Langsam sah es aus wie ein stehendes Meer. Gefrorene Wellen. Bald war mir klar, was ich sah. Ein Staubmeer.

Milliarden Tonnen von Sand und Staub, die von den Stürmen hier hinunter geworfen wurden. Und immer noch war der Graben nicht voll. Aber wahrscheinlich wurde das Zeug von den Stürmen genauso heraus- wie hineingetragen.

Wir überflogen dieses Meer und plötzlich war da ein Loch. Ein Riß, laut Eddi siebenundzwanzig Kilometer lang und zwölf Kilometer an seiner breitesten Stelle. An seinen Rändern lief von allen Seiten ununterbrochen Sand hinein. Und das vermutlich schon immer oder zumindest lange Zeit. Aber er war immer noch nicht voll. Genau über der Mitte schwebend ließ ich Eddi loten. Grund bei einundzwanzig Kilometern an unsere Stelle, aber die Sensoren erfaßten seitlich noch tiefere Bewegungen. Nachdem ich Eddi meine sämtlichen Sicherheitsbedenken vorgetragen hatte und er sie durch Einleiten entsprechender Maßnahmen zerstreuen konnte, ließen wir uns absinken.

Die Außenmikrophone stellte ich nach kurzer Zeit wieder ab. Was sie übertrugen war wie das Tosen eines Wasserfalls, nur von allen Seiten gleichzeitig. Ich ließ Eddi die Temperatur einblenden. Oben, am Grunde des Canyons hatten wir minus achtunddreißig Grad Celsius gehabt. Nachdem die Temperatur auf den ersten drei Kilometern leicht abgesunken war, begann sie jetzt zu steigen. Zwölf Kilometer, minus einundzwanzig Grad. Fünfzehn Kilometer, minus dreizehn. Achtzehn Kilometer, minus vier. Zwanzig Kilometer, plus zwei. Hier stoppten wir. Zwar gaben die Sensoren an,daß noch ein Kilometer Platz unter uns sein mußte, aber zu sehen war nichts. Die nach unten gerichteten Scheinwerfer beleuchteten eine undurchdringliche Staubwolke.

Es hatte keinen Zweck dort hineinzutauchen. Ich wollte mir keine Radarbilder oder sonstige Artefakte des Computers anschauen, sondern das, was es wirklich zu sehen gab. Und hier gab's nichts zu sehen.

Ich ließ das Schiff wieder steigen. Bei Achtzehn meldete Eddi eine seitliche Öffnung hinter dem Vorhang aus rieselndem Staub. Wir stießen hinein und befanden uns in einer Art Parallelschacht, der nicht bis ganz oben, aber dafür noch tiefer hinab führte. Bei fünfundzwanzig Kilometern Tiefe waren wir unten. Zwar führte ein kleiner, etwa zweihundert Meter breiter, Spalt noch tiefer, aber mir war mulmig genug, wenn ich daran dachte, wo ich jetzt war. Die Temperatur hier war elf Grad plus. Ich ließ Eddi den Boden absuchen nach irgendwas Interessantem.

Wir fanden Wasser, allerdings nur gebunden an Kieselsäure. Kleine Tümpel, gefüllt mit einer weißen Gallerte. In diesen Kieselsäurehydrat-Lösungen gab es diverse Silikat-Sauerstoff-Stickstoffmolcküle, die Ähnlichkeit mit unseren einfachsten Aminosäuren aufwiesen. Das war schon alles. Keine komplexeren Strukturen, keine Reduplikation, kein Leben auf dem Mars.

»Jedenfalls nicht an dieser Stelle«, schränkte Eddi meine Schlußfolgerung ein.

»Das wird auch die einzige Stelle sein, wo wir uns danach umgesehen haben. So wie's aussieht könnten wir höchsten eine Art Urschleim finden, der sowieso kaum Chancen hat, eine gescheite Evolution hinter sich zu bringen, ehe die Sonne kollabiert. Bring uns wieder rauf!«

»Der Staubfluß hat sich erhöht«, meldete Eddi auf dem Weg nach oben, »es ist mit erhöhten atmosphärischen Turbulenzen zu rechnen.«

»Wir nennen das Wind«, sagte ich. »Kriegen wir damit Probleme?«

»Nicht mal mit einem Orkan, Doc«, antwortete Eddi und ich freute mich, daß er meine Bemerkung umgesetzt hatte.

»Gut, Eddi«, sagte ich, »wir steigen gleich weiter bis auf zweihundert Kilometer Höhe.«

Von oben sahen wir, daß sich das Staubsturmgebiet, das wir

bereits beobachtet hatten, weiter ausdehnte. Ich holte mir was zu essen, gähnte ausgiebig und sagte zu Eddi: »Erzähl mir was über die Jegoni.«

»Was möchtest Du wissen, Doc?«

»Fang mit irgendwas an, Größe des Planeten, Bevölkerungszahl, Regierungssystem und so weiter. Ich werde sowieso nur halb hinhören. Nach dem Essen hau' ich mich auf's Ohr. Ach, und dann statten wir Phobos einen Besuch ab.«

Erst mußte ich Eddi klarmachen, daß ich nicht die Absicht hatte, mir selbst vor den Kopf zu prügeln, dann lullte er mich mit seinen Informationen ein.

Stunden später stand ich erfrischt und ausgeruht auf. Sogar an der Dusche hatte ich nichts auszusetzen. Nach dem Frühstück brachte uns Eddi zu Phobos, dem größeren der beiden Marsmonde. Dort wollte ich nochmal aussteigen und ein bißchen auf Astronaut machen. Auf dem Mars unten hatte ich mich nicht getraut. Vermutlich lag das an der Atmosphäre, dadurch war's nicht so beschaulich stumm wie in einem Aquarium und ich fühlte mich bedroht. Obwohl ich inzwischen sicher war, daß Eddi mich beschützen konnte, mit einem Kraftfeld. Ich zog in der Schleusenkammer meinen Raumanzug an und begab mich ins Dock, das inzwischen schon länger ohne Atmosphäre war. Eddi hatte den Druck ganz langsam runtergefahren, damit Borsts Blut nicht zu kochen anfing, sprich damit die in Blut und Gewebe enthaltenen Gase nicht plötzlich freigesetzt wurden und alles zerissen hätten.

Jetzt im Vakuum würde dem Körper nach den Gasen auch das Wasser entzogen und er würde nach und nach mumifizieren. Nachdem ich Borst meine Aufwartung gemacht hatte, ließ ich mir von Eddi diese Weltraumschlitten erklären. Ich hatte nicht vor, Phobos zu betreten. Er maß an der breitesten Stelle nur achtundzwanzig Kilometer und besaß eine entspechende Schwerkraft. Ich bräuchte nur auf den Zehen zu wippen und würde nicht vor nächste Woche Dienstag zu ihm zurückkehren. Ich ließ das Tor öffnen, die Schwerkraft wegnehmen und mich von Eddi ein paarmal zur Probe raus und reintragen, bis ich sicher war, daß er mich auf jeden Fall zurückholen könnte. Trotzdem wollte ich eine Rückstoßpistole mitnehmen – für alle anderen Fälle. Aber sowas gab's bei den Jegoni schon lange nicht mehr, sie hatten ja ihre Traktorstrahlen. Als Rückversicherung wies ich Eddi an, mich selbständig zu holen, wenn der Kontakt abbrechen sollte. Dann gab ich Gas.

Auf den Schlitten saß man wie auf einem etwas breiteren Motorrad. Auch die Bedienung war ähnlich, ein Lenker für beide Hände, der in der Mitte auf einem Kugelkopf saß. Allerdings waren nicht nur rechts/links-Bewegungen möglich, sondern auch auf- und abwärts. Diese Bewegung wurde auf die Steuerdüsen, die an mehreren Stellen des Schlittens saßen, übertragen. Mit dem einen Daumen stellte man ein, ob es vorwärts oder rückwärts gehen sollte, mit dem anderen gab man die Stöße ab. Die jeweils 'äußeren' Düsen bekamen etwas mehr Schub, wodurch ein Kurvenfliegen erst möglich wurde. Doch diese Mischung aus Kurvenfahrt und Parallelversetzung machte das Ganze sehr gewöhnungsbedürftig. Nachdem ich das Schiff zweimal umkreist hatte, ohne Zeit gefunden zu haben, darauf oder auf Phobos auch nur einen ruhigen Blick zu werfen, meldete Eddi mir schon fünfzig Prozent Treibgasverbrauch.

Trotzdem wollte ich jetzt, wo ich halbwegs zurechtkam, nicht schon wieder zurück. Ich sah mich nach Phobos um und versuchte mir mit einem einzigen Stoß Richtung auf ihn zu geben. Es wurden drei. Jetzt trieb ich langsam auf den knapp zwei Kilometer entfernten Koloß zu, der mit jeder Sekunde größer wurde und bedrohlicher erschien. Ich versuchte meine Angst zu kontrollieren. Ich würde nicht auf ihn herabfallen und er würde mich nicht rammen, zumindest konnte ich das verhindern. Jetzt wurde schon fast der halbe Himmel von ihm eingenommen, obwohl ich noch ein paar hundert Meter entfernt sein mußte. Tapfer widerstand ich dem Impuls, Gegenschub zu geben. Dann aber machte ich den Fehler und sah mich nach dem Schiff um.

Es war verschwunden! Nein, dort, das mußte es sein! Aber so winzig klein und so weit weg. In Panik riß ich an dem Lenker und gab Schub. Während ich rechts das Schiff im Auge zu halten versuchte und wartete, daß der Schlitten langsam seine Richtung dorthin änderte, sprang mich von links auf einmal Phobos an. Der Schub hatte mich viel schneller und näher an ihn herangebracht, als ich das beabsichtigt hatte. Ich konnte jeden Kratzer in seinen verdammten Kratern erkennen und rechnete damit, ihm gleich einen weiteren zu verpassen. Krampfhaft hielt ich den Lenker weiterhin nach rechts und gab auch weiter Schub. Jetzt erkannte ich, daß ich mich parallel zu Phobos' Oberfläche bewegte und dann, ganz langsam, von ihm weg. Langsam, furchtbar langsam wanderte der Schatten, der hoffentlich das Schiff war, nach vorne. Als ich das Schiff voraus hatte, stellte ich den Schub ab und atmete auf. Das war allerdings voreilig.

Das Schiff fing an nach links auszuwandern! Erst dachte ich, Eddi würde mich necken wollen. Dann wurde mir klar, was los war. Ich befand mich in einer Rechtskurve. Schub abschalten und Lenker geradestellen nützen da gar nichts. Ein Körper, der einmal auf eine Bahn gebracht wurde, behält diese bei bis irgendwelche anderen Kräfte auf ihn einwirken oder bis in alle Ewigkeit. Auch ich würde ohne Gegenmaßnahmen bis zum jüngsten Dienstag in meiner Rechtskurve bleiben. Also steuerte ich links und gab Schub. Diesmal nur wenig, denn ich hatte gelernt, daß ich die Wirkung erst einmal abwarten mußte, bevor ich weiter Gas verschwenden durfte. Ja, wieviel hatte ich eigentlich noch? Ich zwang mich, Eddi nicht danach zu fragen. Ich wollte mir erst dann helfen lassen, wenn ich theoretisch verloren wäre. Ich wollte es mir nicht einfach machen, sondern lernen.

Zwei Schübe später hatte ich die Antwort. Leer, der Gasvorrat war aufgebraucht! Ich sah mich um. Phobos saß mir immer noch im Nacken. Zwar jetzt wieder wesentlich kleiner, aber mit einem Ausdruck von Ich-krieg-Dich-doch-noch auf dem Gesicht. Ich sah wieder nach vorne. Das Schiff wanderte jetzt ganz leicht nach rechts aus, mit dem letzten Schub hatte ich übersteuert.

»Eddi, hör zu. Ich hab's hier draußen vermasselt, kein Sprit mehr. Normalerweise hätte Phobos jetzt einen Mond. Trotzdem möchte ich, daß Du mir noch nicht hilfst. Einen Versuch habe ich noch!«

»Verstanden Doc«, war die Antwort, »doch was hast Du vor?«

Es tat gut, Eddis Stimme zu hören. Ich sagte ihm das. »Weißt Du, vielleicht wäre ich eben nicht in Panik geraten, wenn ich ein bißchen mit Dir geplaudert hätte.« Ich beobachtete das Schiff, das langsam größer wurde.

»Das Wissen, daß Du mir helfen kannst, das ist rein intellektuell da oben drin«, ich tippte mir an den Helm. »Mein Instinkt sagt mir, daß ich furchtbar alleine bin und da wird noch einige Zeit vergehen müssen, bis sich das ändert. Und wenn ich doch nur die geringsten ballistischen Erfahrungen im Raum hätte ...«

Jetzt! Mit einem kräftigen Stoß drückte ich mich vom Schlitten ab. Ein Blick nach unten zeigte mir, daß dieser sich rasend schnell von mir entfernte. Nicht annähernd so schnell trieb ich auf das Schiff zu. Zwar hatte ich die Richtung gut hingekriegt, doch hatte ich den Abstoß unterschätzt. Der Schlitten hatte mir nämlich die Hälfte des Impulses genommen. Ein früherer

Sprung wäre richtiger gewesen, jetzt schnitt sich meine Flugbahn mit der des Schiffes erst hinter dem Schiff. Zwanzig lächerliche, unüberwindbare Meter dahinter.

»OK, Eddi, ich bin tot. Hol mich rein! Wenn ich noch ein Leben übrig habe, kann ich den Level ja wiederholen.«

»Ich verstehe nicht, Doc, was bedeutet tot in diesem Zusammenhang?«

Ich freute mich, daß Eddi begann Zusammenhänge zu sehen und mir nicht einfach nur versuchte zu erklären, daß ich gar nicht tot sei. Während er mich und den Schlitten einsammelte, erklärte ich es ihm: »Ohne Dich, das Schiff und die Traktorstrahlen hätte ich mich jetzt umgebracht, weil dem Schlitten durch meine Panik die Puste ausgegangen ist.«

»Aber ich, das Schiff und die Traktorstrahlen sind doch gerade dazu da, das zu verhindern. Deswegen konnte Dir doch gar nichts passieren!«

»Und wenn's mal 'ne Panne gibt?« warf ich ein.

»Was ist eine Panne?« fragte Eddi.

Ich verstand. Bei den Jegoni gab es keine Pannen. Normalerweise.

»Daß Borst tot ist, das ist eine verdammte Panne gewesen!«

Ich beschloß, mir meine Vorsicht nicht von Eddi vermiesen zu lassen. Ich war zu alt, um zu glauben, daß Mami immer auf mich aufpassen würde. Jetzt brauchte ich erst einmal ein Bier. Zurück im Kommandoraum schaute ich auf Phobos. Vor hier sah er nicht mehr so bedrohlich aus, auch als wir dann bis auf zehn Meter heran gingen. Ich wollte ihm noch einen Abschiedgruß mitgeben.

»Eddi, was leisten die Traktorstrahlen? Können wir ihn in Rotation versetzen, ohne die Umlaufbahn zu beeinflussen?«

»Phobos ist in Rotation«, sagte Eddi.

»Ja, aber ich mein' was Flottes.«

Wir konnten. Eddi klammerte das Schiff mit den Traktor-strahlen an Phobos' Oberfläche fest und der Schiffsantrieb besorgte den Rest. Seitdem rotiert Phobos mit zweiundvierzig Umdrehungen pro Stunde und es müßte ein Erlebnis sein, dort im Gras zu liegen und in die Sterne zu gucken. Vielleicht wird einem aber auch nur übel.

Die nächsten Tage brauchte ich vorerst Urlaub vom Abenteuer. Während wir Richtung auf das äußere Sonnensystem nahmen, ließ ich mir von Eddi mehr über die Jegoni erzählen oder versuchte, ihn in flapsigen Sprüchen zu unterrichten. Das Ganze nahm den Charakter einer Kreuzfahrt an, nur daß mir hin und wieder die Gesellschaft fehlte. Unser Weg führte jetzt durch den Asteroidengürtel und das weckte doch erneut mein Interesse für die Kraftfelder beziehungsweise Schutzschirme. Die Frage war ganz einfach: »Wie funktioniert das?« Was Eddi mir jedoch als Antwort zu bieten hatte, bestand aus Bahnhof und Bratkartoffeln. Er war kaum in der Lage, mir irgend etwas Verständliches darüber zu sagen. Nicht, daß er es nicht erklären konnte, nur bestanden seine Erklärungen aus einer Reihe von physikalischen Ableitungen und einem Haufen von Begriffen, die nicht in unsere Sprache übersetzt werden konnten, weil keine Äquivalente dafür existierten. Das bedeutete, unsere Physik war offenbar nicht mal annähernd bei den Grundlagen dafür angelangt. Und das war nicht verwunderlich, wenn ich mich hier umsah und Vergleiche mit unserem Space-Shuttle anstellte. Eddi war nicht in der Lage zu abstrahieren, zu vereinfachen oder mit Beispielen zu arbeiten und was ich dann nach einem zweitägigen Frage-und-Antwort-Marathon aus ihm herausholte, war ungefähr das Folgende:

Die Feldgeneratoren können an einer beliebigen Stelle des Raumes mitten im Nichts, also ohne Beteiligung von Materie, eine materieartige Struktur erzeugen. Oder vielleicht eher eine Struktur, die mit Materie wie Materie wechselwirkt. Man läßt also vor dem Schiff – je nach Geschwindigkeit bis zu mehreren hundert Kilometern – eine Wand aus dem härtesten Nichts entstehen, an der interstellarer Staub und kleinere Brocken abprallen. Diese Stöße bremsen aber nicht die Bewegung des Schiffes. Einerseits weil ja keine materielle Verbindung zwischen Schirm und Schiff besteht, andererseits weil die Impulsernergie fast vollständig vom Feld aufgenommen beziehungsweise den Feldgeneratoren zugeführt wird. So wird also bei einem stetigen Hagel kleiner Meteore, das Feld immer stärker statt schwächer.

Allerdings gibt es einen Grenzwert, der nicht überschritten werden darf. Ein großer Brocken würde zwar eine ungeheure Energie an die Generatoren liefern, diese würden die aber erst dann wieder an das Feld weitergeben, wenn der Brocken schon durch ist und gerade das Schiff zerreißt. Also muß man ihm ausweichen. Bei niedriger Geschwindigkeit ist das kein Problem. Auch bei hoher Geschwindigkeit ist das Problem nicht das Ausweichmanöver – wegen der trägheitslosen Antriebsart kann Eddi in Nanosekunden die verrücktesten Sprünge machen –, sondern die Ortung. Je höher die relative Geschwindigkeit ist, mit der etwas den Schirm trifft, desto geringer braucht seine Masse zu sein für den gleichen Impuls. Steckt der Schirm bei Schleichfahrt die Kollision mit einen Bus weg, so wird bei einhundertstel Lichtgeschwindigkeit schon eine Walnuß gefährlich. Bei dreitausend Kilometern pro Sekunde muß man also Materie dieser Größe spätestens in ein, zwei Megametern Entfernung schon sicher orten können, damit noch reichlich Millisekunden zum Ausweichen bleiben. Bei wesentlich höheren Geschwindigkeiten hilft trotz dieser beeindruckenden Leistung der Materie-Taster auch bei der Technologie der Jegoni nur Beten. Deshalb wird, mit dem Passierschein der Wahrscheinlichkeit an der Windschutzscheibe, nur außerhalb von Sonnensystemen schneller gefahren.

Und dann war da noch der Deformationsantrieb, der diese

Gefahr umging, aber das wollte ich jetzt wirklich nicht mehr hören.

»Eddi«, sagte ich, »nur weil Du Deine Software nicht auskämmen und aus Deinen Daten einen ansprechenden Zopf flechten kannst, mußte ich mich jetzt zwei Tage lang durch Dein Gesülze kämpfen. Jetzt brauche ich erstmal Bier und Rock'n'Roll um wieder klar zu werden.«

Eddi sagte nichts. Weil ich keine echte Frage gestellt hatte?

»Außerdem wollte ich was vom Asteroidengürtel sehen. Habe ich den jetzt verpaßt?«

»Ja und nein«, antwortete Eddi, »Wenn Du Deine Zeit nicht mit Jammern und Beleidigen von armen kleinen Computern vergeudet hättest, hättest Du gesehen, daß es nichts zu sehen gab!«

Ich war beeindruckt. Eddi machte wirklich Fortschritte. Aber ich durfte mich nicht von ihm ausstechen lassen. Die Sprüche mache hier schließlich ich. Also drohte ich: »Noch ein Wort gegen Zeitvergeudung und Rock'n'Roll, Eddi, und ich sperr' Dich ohne Festplatte in den Laderaum. Musik!« Von den Stones über Pink Floyd hatte Eddi auf der Erde einiges aufgeschnappt und in seinen Datenbanken gebunkert, was voll auf meiner Linie lag. Die nächste Stunden verbrachte ich tanzend und trinkend vor dem Schirm, um dort doch noch einige Bröckchen zu beobachten. War aber wirklich nicht der Rede wert. Vielleicht hatte ich deshalb am nächsten Morgen Kopfschmerzen.


Wir hatten den Asteroidengürtel hinter uns gelassen und gelangten ins äußere Sonnensytem. Als nächste Station hatte ich Jupiter auf meinem Fahrplan stehen. Eddi zeigte mir an Hand einer Grafik, daß wir bis dahin fast neunhundertfünfzig Millionen Kilometer zurücklegen würden. Zwar betrug Jupiters mittlere Entfernung zur Sonne 'nur' siebenhundertachtzig Millionen Kilometer, oder kürzer Gigameter, aber stand er im

Moment nun mal nicht hinter dem Mars, woher wir kamen,sonder war einen viertel Umlauf weiter. Das sind zwar für Jupiter wiederum zwölfhundertfünfzig Gigameter, aber wir brauchten uns ja nicht an irgendwelche Planetenbahnen oder ballistische Kurven zu halten. Vom Mars aus hatten wir eine schnurgerade Linie zum Rendezvouspunkt gewählt.

Diese mußte Eddi jetzt noch einmal korrigieren: »Bring uns in fünf Tagen dahin! OK, Eddi?«

»Klar doch, Boß!« antwortete er und dann: »Darf's auch ein wenig mehr sein?«

Ob Borst ihn je auf der Erde zum Einkaufen geschickt hatte?

Neunhundertfünfzig Gigameter in fünf Tagen, das bedeutet Zweitausendzweihundert Kilometer pro Sekunde. Das entspricht in achtzehneinhalb Sekunden einmal um die Erde, armer Jules Verne! Es war nicht möglich, sich diese ungeheure Geschwindigkeit vorzustellen, denn spüren tat man rein gar nichts. Und natürlich sah man draußen auch keine Bäume oder Brücken vorbeihuschen. Obwohl, wenn, dann würde man sie nicht wahrnehmen können, denn eine Baumkrone von zehn Metern Durchmesser brauchte gerade mal viereinhalb Mikrosekunden um am Fenster vorbeizuziehen.

Genug der Rechnereien, sagte ich mir. »Eddi, wer war letztes Jahr bei den Jegoni Weltmeister im Dings?«

»Was für'n Dings, Doc?«

»Na, das hoffe ich von Dir zu hören. Was wird bei Euch so gespielt? Wofür interessieren sich die Leute?«

Das Thema Sport und Gesellschaft auf Heimat beschäftigte uns die nächsten Tage. Immer wieder ließ ich mir Begriffe in Jegoni nennen, übte die Aussprache und fing an, so etwas wie ein Vokabelheft zu führen. Eddi hörte mich ab. Er mußte dazu nicht mal in mein Heft gucken, da er simultan zu meiner Schreiberei eine Datei führte. Bei der Gelegenheit fiel mir wieder ein, was ich schon anfangs wissen wollte: Wieviel sieht Eddi? Bisher gab's nicht ein einziges Mal die Situation, daß ich auf etwas gezeigt oder es erwähnt hatte und Eddi passen mußte, weil es nicht in seiner Wahrnehmung lag. Die Antwort war mal wieder ganz einfach: Ihm stand das ganze elektromagnetische Spektrum zur Verfügung, das er gezielt irgendwo hinspucken konnte und wenn die eine gemessene Reflektion nicht die Farbunterschiede erkennen konnte, dann konnte die andere die Höhenunterschiede der Buchstaben zum Papier angeben. Und wenn er in eine Ecke gucken wollte, dann benutzte er ein Kraftfeld als Spiegel. So reichten wenige Sensoren aus.

»Ich glaube, Eddi, ich muß mit Dir mal ein ernstes Wörtchen über den Begriff Privatsphäre reden!« sagte ich.

Aber er konnte mich beruhigen. Offenbar legten die Jegoni genauso wenig Wert darauf, von ihren Computern bespitzelt zu werden, wie ich. In der Programmierung wurde der Begriff privat großgeschrieben. Allerdings ergab sich bei weiterem Nachfragen folgendes Bild: Da die Schiffscomputer die Sicherheit des, meist allein reisenden, Skippers gewährleisten sollen – und dazu gehört auch die Überwachung des Gesundheitszustandes –, müssen sie laufend alle Vorgänge auf dem Schiff registrieren. Die Privatsphäre wird erst im Nachhinein, quasi künstlich, wiederhergestellt, indem die aufgenommenen Daten, nach einem ausgeklügelten System direkt oder später, wieder gelöscht werden und dem Computergedächtnis definitiv nicht mehr zu Verfügung stehen.

Da Computer eigentlich nichts vergessen können und doch alles, was sie »belauscht« haben, löschen, ist das eine praktikable Lösung für den Privatbereich. Wenn ich mir nur fest genug ins Gedächtnis rief, daß Eddis Persönlichkeit nur aus Einsen und Nullen bestand, konnte ich damit leben. Allerdings, philosophierte ich weiter, wo ist der Unterschied zwischen einem

Bit, das von einem Speicher zum anderen übergeben wird, und einem Nervenimpuls, der eine Synapse überspringt. Die Begriffe Leben und Intelligenz bezeichnen eine bestimmte Komplexität. Ob Eddi die schon erreicht hatte, konnte ich nicht sagen, aber ich war froh, daß ich in ihm einen Kumpel sehen konnte und nicht nur eine engstirnig arbeitende, sture Blechkiste.

»Na schön«, sagte ich, »aber morgen guck' ich mal in Dein Badezimmer, Du Spanner!«

Mit meinen Kenntnissen über die Jegoni wuchs auch mein Interesse, so daß ich ständig mehr über sie lernte. Da ich aber immer mehr wissen wollte, als in meinen Kopf hineinpaßte und von einem Thema zur nächsten Frage sprang, geschah das alles ziemlich unstrukturiert. Hier etwas Geschichtliches, dort was Biologisches, daraus über einen alten religiösen Brauch zu den wissenschaftlichen Entwicklungen der jüngsten Vergangenheit. Eddi war eine unerschöpliche Quelle an Information. Und gerade weil ich vieles im ersten Anlauf nicht verstehen konnte und wir es über lange Umwege für einen Menschen sinnig machen mußten, konnte ich von Glück reden, daß Eddi ein Computer war; er hätte sich sonst im wahrsten Sinne des Wortes den Mund franselig geredet. Mit meinem Wissen wuchs auch der Wunsch, Borst bald heim zu bringen. Diese vier bis fünf Monate lange Reise sollte reichen, die Sprache zu erlernen;ich hatte schließlich den besten Lehrer.

Ich beschloß, Jupiter die letzte Station auf meiner Reise durch das Sonnensystem sein zu lassen. Andererseits war er genaugenommen ja erst meine zweite Station und ich könnte diesen Entschluß später bereuen. Aber was ist so tragisch daran, nicht auf Uranus gewesen zu sein, wenn man dafür auf einen Planeten kommt, der vierundzwanzig Lichtjahre entfernt ist? Außerdem, habe ich mir sagen lassen, soll es auf Pluto ziemlich düster und bitterkalt sein, da trifft man höchstens Hänsel und Gretel. Und

Anhalter wollte ich keine mitnehmen. Am letzten dieser fünf Tage schaute ich immer wieder auf diesen neuen Stern am Himmel, der stetig wuchs und wuchs, bis er sich dann als Jupiter zeigte, wie ich ihn von Abbildungen her kannte.

Nur viel schöner. Was weder Fotos noch Zeichnungen vermitteln können, ist das Gefühl, etwas Lebendes vor sich zu haben. Wir hatten in einer Entfernung von fünfhunderttausend Kilometern halt gemacht und trotzdem war Jupiter riesig. Die unterschiedlichen Farben seiner Oberfläche sind nicht ortsfest.

Bei längerem Hinsehen bemerkt man ein Fließen, ein Pulsieren, wie festgebundene Wolken, die der Wind forttreiben möchte, die aber wieder an ihren Platz zurückkehren. Wolken aus Wasserstoff über einem Meer aus Wasserstoff, mit fließenden Übergängen zwischen den Aggregatzuständen gasförmig und flüssig. Zwanzig Prozent Helium, das sich in all den Millionen Jahren nicht mit dem Wasserstoff hat vermischen können. Und die unterschiedliche Lichtbrechung von Wasserstoff und Helium erzeugt diese sichtbaren Strukturen.

Ich wollte näher heran. Eddi steuerte Kallisto an, den äußeren der vier großen Jupitermonde. Jetzt nahm Jupiter den halben Himmel ein und obwohl dies gleichermaßen bedrohlich wie faszinierend war, hielt ich's im Schiff nicht mehr aus. Ich kletterte in meinen Raumanzug, wobei ich mich zu der nötigen Sorgfalt geradezu zwingen mußte, weil ich aufgeregt war, wie vor meinem ersten Schulausflug. Kaum draußen, stand ich da mit zurückgelegtem Kopf und starrte in ein Wunder. Ich machte ein paar Schritte vom Schiff weg, stolperte natürlich und fiel. Aber ich machte keinerlei Anstalten, wieder aufzustehen. Ich stemmte mich herum, so daß ich auf dem Rücken zu liegen kam. Genauer gesagt, auf dem Rückentornister und bequem war das keinesfalls, aber ich merkte es nicht. Dieses Fließen, das von weitem schon so faszinierend gewesen war, hatte ich jetzt hier live und in Stereo. Nicht einfach 3D, nein, Dolby-Surround für die Augen.

Es war wundervoll,es war Wahnsinn,es war hypnotisierend.Ein kreischendes Pfeifen riß mich in die Wirklichkeit zurück.

»Was?!«

»Na endlich, Doc. Ich rede seit zwei Minuten mit Dir. Die Sensoren behaupten, daß Du noch lebst, aber ich habe noch nie erlebt, daß Du eine geschlagene Stunde die Klappe hältst, deswegen wollte ich sicher gehen.«

»Quatsch nicht, Eddi, ich bin doch höchstens fünf Minuten hier draußen!« fuhr ich ihn an.

Eddi sagte nur: »Schau auf Deine Sauerstoffanzeige!« Ich schaltete die digitale Anzeige auf höchste Auflösung und siehe da, der Verbrauch entsprach einer halben Stunde körperlicher Arbeit. Ich hatte aber nur geträumt, was nicht besonders anstrengend ist; also hatte Eddi recht mit seiner Stunde. Hypnotisierend! So hatte ich den Anblick in Gedanken beschrieben, hypnotisierend. Offenbar hatte ich den Nagel damit mehr als auf den Kopf getroffen.

Jetzt, nachdem mir das bewußt geworden war, ich sozusagen die dunkle Seite der Faszination kennengelernt hatte, veränderte sich mein Gefühl. Mir wurde die ungeheure Größe und die bedrohliche Nähe von Jupiter bewußt und ich begann mich unbehaglich zu fühlen. Schnell wollte ich hoch, doch ein stechender Schmerz im Rücken ließ mich wieder zurückfallen. Ich drehte mich auf die Seite und krümmte ganz langsam und vorsichtig den Rücken. Trotz des dicken Anzugs hatte die Kante des Tornisters mir einen blauen Fleck oder einen zusammengequetschten Muskel beschert. Langsam kam ich hoch und unter dem hämischen Grinsen von Jupiter floh ich in die Geborgenheit des Schiffes. Dort war ich sicher vor ihm. Zwei Tage verbrachte ich noch mit der Beobachtung dieses riesigen Gasplaneten, allerdings über den Schirm im Kontrollraum.

Dort konnte ich auch noch viel näher heranzoomen, um das Geheimnis des roten Flecks zu lösen. Aber so schnell gibt ein Göttervater einem dahergelaufenen Sternenvagabunden sein Geheimnis nicht preis. Ich konnte den Fleck beobachten, ihn beschreiben und ein paar periodische Bewegungen ausmachen, aber die Frage, warum er existiert, beantwortet das noch lange nicht. Auch Eddi mußte passen, »Unzureichende Daten!«, aber er schätzte, nach vier bis sechs Jahren Beobachtungszeit erste Ansätze für eine Theorie vorweisen zu können.

»Bist Du noch bei Trost?« fragte ich, »in der Hälfte der Zeit kann ich Dir beantworten, ob Gott gelbe Socken trägt!«

Eddi antwortete schlagfertig: »Da müßtest Du aber erst einmal den Beweis antreten, daß gelbe Socken überhaupt existieren!«

Darauf sagte ich nichts mehr, ich konnte nur annerkennend vor mich hinschmunzeln. Eddi, der erste blödelnde Computer. Irgendwie war ich stolz auf mich.

Am dritten Tag merkte ich, daß mein Interesse für Jupiter nachließ und wieder der Wunsch, bald nach Heimat zu reisen, die Oberhand gewann. Ich ließ Eddi Kurs setzen und mir die Reise erläutern. Wir würden uns abwechseln mit dem Linear- und dem Deformationsantrieb fortbewegen. Der Linearantrieb, das ist der, den wir bisher die ganze Zeit verwendet hatten, der den Tachyonenschub ausnutzt. Der Deformationsantrieb ist etwas völlig anderes und es gelang Eddi nur ansatzweise, ihn mir verständlich zu machen. Offenbar hat das Universum nur für unsere Wahrnehmung diese kontinuierliche dreidimendionale Struktur. Wir stellen uns einfach unser Wohnzimmer unendlich vergrößert vor. Das ist aber nicht zutreffend.

Um sich eine Vorstellung von der wahren Struktur zu machen – die bestehenden Begriffe Raumkrümmung und Raumfalte führen bereits dahin –, muß man versuchen, ein zweidimensionales Modell in die dritte Dimension zu übertragen. Im Endeffekt kann sich das menschliche Gehirn das gar nicht vorstellen, aber das erläuternde Gleichnis ist das folgende: Nehmen wir ein Blatt Papier und bezeichnen darauf zwei Punkte. Eine Mikrobe, die auf diesem Blatt von Punkt A zu Punkt B gelangen möchte, hätte, sagen wir, fünfzehn Zentimeter zurückzulegen. Zerknüllt man jetzt das Blatt zu einer Kugel von Tischtennisballgröße, so sind A und B nur noch etwa zwei Zentimeter voneinander entfernt, aber die Mikrobe muß immernoch fünfzehn Zentimeter zurücklegen, um von A nach B zu gelangen. Es sei denn, sie kann an einer Berührungsstelle, wo die Papierflächen fest aufeinander gepresst werden, überwechseln. Dann hat sie Ihre Entfernung zu B schlagartig vergrößert oder verkleinert. Je nachdem, wo auf dem Blatt sie sich jetzt befindet.

Stellen wir uns den dreidimensionalen Raum genauso zerknüllt vor, so gibt es auch hier Berührungsstellen, an denen man überwechseln kann, zu Punkten, die im Normal-Raum viele, viele Lichtjahre entfernt sind. Die Entdeckung dieser Antriebsart beruhte laut Eddi auf einem Fabrikationsfehler an einem Ortungsgerät, das in Verbindung mit einer experimentellen Antriebseinheit eingesetzt wurde. Sieben Schiffe waren verschwunden, ehe man die Ursache zu ahnen begann. Neunzehn weitere unbemannte Schiffe verschwanden auf Nimmerwiedersehen, um irgendwo im Universum ihre Reise in die Unendlichkeit fortzusetzen, bevor endlich eines auch wieder den Weg zurück schaffte. In den nächsten hundert Jahren war man damit beschäftigt neue Karten anzulegen, die das Universum aus der Sicht des Deformationsreisenden zeigte.

Nur an wenigen Punkten läßt sich eine Korrelation zum bisher Bekannten herstellen. Das meiste ist einfach unglaublich weit weg. Der Name 'Deformationsantrieb' rührt übrigens von der irrtümlichen Annahme her, daß der Antrieb eine Veränderung des Raumes erzeugen würde, die dann ausgenutzt wird. Es zeigte sich aber, daß die Strukturen des deformierten Universums und die Punkte zum Überwechseln fix sind und angeflogen werden müssen, und nicht, daß sie durch Benutzung dieses Antriebs vor dem Schiff auftauchen. Der Antrieb ermöglicht also nur die andere Struktur des Raumes mit seiner abweichenden Physik zu erkennen und zu nutzen, so daß der Name eigentlich falsch ist. Aber, was fast fünfzig Jahre lang falsch bezeichnet wurde, läßt sich keinen neuen Namen mehr geben. Also blieb es dabei.

# DIE REISE

Wir nahmen Kurs von der Sonne weg, hinaus in den interstellaren Raum. Dorthin, wo sich – hoffentlich – kaum Materie befindet und das Schiff volle Geschwindigkeit aufnehmen kann. Volle Geschwindigkeit, das heißt ungefähr einzehntel Licht. Dieses Tempo wird recht schnell erreicht, dann aber ist da ein Knick in der Geschwindigkeitszunahme und es zieht sich beispielsweise über neun bis dreizehn Wochen hin, um zweizehntel Licht zu erreichen. Der Grund ist, daß sich das Gros der Tachyonen so langsam bewegt und bei höherer Geschwindigkeit also der Schub nachläßt. Theoretisch ist auch noch zu erwarten, daß bei acht oder neun Zehntel der in Flugrichtung gelegene Tachyonenschirm doch noch übersättigt wird. Ob das lediglich zu einer Bremswirkung führen würde oder zu einem Zusammenbrechen des Schirmes und der Geburt eines spektakulären Schiffswracks, hat bisher noch niemand überprüft. Keiner hatte die Geduld, Jahre auf das erreichen dieser Geschwindigkeit zu warten.

Und durch die Existenz des Deformationsantriebes bestand auch keine praktische Notwendigkeit dazu. Trotzdem ist ein wenig Geduld angesagt. Bei kontinuierlicher Geschwindigkeitszunahme brauchten wir fast fünf Tage, bis wir die Plutobahn hinter uns gelassen hatten und Eddi es sicher genug fand, einzehntel Licht voll auszufahren. Wow, einzehntel Licht! Leider überhaupt nichts besonderes, ich konnte keinen Unterschied zwischen jetzt und meinem Flug zum Mond ausmachen. Alles ruhig wie immer, Eddi hatte alles unter Kontrolle. Bis zum Einsatz des D-Antriebs sollten noch zwei weitere Tage vergehen. Also machte ich mich wieder an meine Vokabeln und die Konversationsübungen in Jegoni mit meinem unermüdlichen Lehrer.

»Bitte, können Sie mir sagen, wie ich zur Bibliothek gelange?«

Genauso geduldig ertrug Eddi meine Ausbrüche und wüsten Beschimpfungen, wenn mal wieder der Punkt erreicht war, an dem meine Konzentration erschöpft war. Es war frustrierend, daß immer ich derjenige war, der nicht mehr konnte. Nie war es Eddi, der mal die Schnauze voll hatte. Ich rächte mich dann mit dem Gedanken, daß ich mir jetzt ein kühles Bier reinzischen würde, während die oberschlaue Blechkiste zuschauen mußte. Meist entschuldigte ich mich bei Eddi, noch bevor ich das Glas leergetrunken hatte, und der wußte gar nicht, wofür. Ich sagte es ihm auch nicht.

Dann war es soweit. Ich hatte meine Schlafphasen extra so gelegt, daß ich den ersten Einsatz des D-Antriebs nicht verpassen würde, denn Eddi sagte, dabei gäbe es etwas zu sehen. Und er hatte nicht gelogen.

Zunächst glaubte ich, der Bildschirm wäre gestört. Das Bild flackerte in kurzen Abständen immer wieder. Dann bemerkte ich das tiefe Summen, das aus dem unteren Teil des Schiffes kam. Allmählich zeigte sich, daß dieses Flackern ein Einblenden eines anderes Bildes war, denn die Verweildauer erhöhte sich auf soviele Bruchteile von Sekunden, daß das Gehirn es wahrnehmen konnte. Sie erhöhte sich kontinuierlich weiter, während die des gewohnten Bildes abnahm.

Was ich zu sehen bekam, war völlig fremd. Viele Millionen Sterne, genau wie sonst, nur völlig anders angeordnet und bunt. Es gab Flecken und Streifen von weißen Sternen, von denen aus sich auf der einen Seite eine Färbung nach Rot hin vollzog und zur anderen Seite nach Blau. Eddi erklärte, daß die 'Verkürzung' des Raumes – nach unseren Begriffen – mit einer Blauverschiebung des Lichtes dargestellt würde, eine Dehnung als Rot. Wie man es halt so kennt.

Dies werde nur auf dem Monitor sichbar, weil dieses D-Antrieb-Ortungssystem die Informationen der beiden Erscheinungsformen des Universums vermische. Ich blickte aus dem Fenster und es stimmte, dort war alles beim Alten. Doch plötzlich erloschen die Sterne! Ich riß meinen Blick herum zum Monitor und sah, daß wir uns auf das dunkle Zentrum einer blauen Sternenwolke zubewegten.

Die Sterne wichen zu allen Seiten hin aus und der blaue Teil nahm jetzt den ganzen Schirm ein. Wie bei einer Ausschnittsvergrößerung. Dann wichen auch die blauen Sterne auseinander und wir fielen durch den Schwärze in der Mitte. Plötzlich erschien wieder eine Anordnung blauer Sterne, die sich zu einem völlig neuen Bild mit roten und blauen und weißen Zonen entwickelte. Der Bildschirm begann wieder zu flackern. Diesmal war es umgekehrt. Erst Bruchteile von Sekunden, dann immer deutlicher und länger, die Sterne, so wie ich sie kannte.

Doch nein, das war nicht der Himmel, wie ich ihn kannte! Das war ganz anders. Hier ein Streifen, viel brillanter als die Milchstraße, wie ich sie vor ein paar Tagen noch bewundert hatte. Dort ein kugelförmiger Haufen von Sternen und gleich daneben eine große, dunkle Fläche, wo überhaupt keinen Stern zu sein schien.

»Wo sind wir Eddi?« wollte ich wissen.

»Das, Kumpel, kann ich Dir nicht sagen. Ich kann Dir zwar die Koordinaten benennen, die beziehen sich aber ausschließlich auf das D-Universum. Du willst hingegen wissen, wo wir in Begriffen Deines bekannten Raumverständnisses sind und da muß ich passen. Meine Datenbänke verraten mir aber, daß man sich damals, also zur Zeit der Erforschung des D-Universums, weitgehend einig war, daß dieser Teil hier noch in unserer Galaxie liegen muß. Später hat man die Frage als irrelevant verworfen.«

»Du willst sagen, wir sind irgendwo am anderen Ende der Galaxis? Hunderte von Lichtjahren entfernt?«

»Eher tausende.« antwortete Eddi lakonisch.

»Aber ich denke, wir hatten nur vierundzwanzig bis Heimat. Sind wir etwa drüber hinaus geschossen?«

»Ganz im Gegenteil«, klärte mich Eddi auf, »wir folgen dem kürzesten Weg und haben erst ein kleines Stück zurückgelegt. Du mußt Dich dabei nur von Deinem Normaluniversum lösen. In diesem verschwinden wir hier und tauchen möglicherweise in der übernächsten Galaxie wieder auf, aber das ist immer nur so eine Art Bahnhof, bis die Reise weitergeht.«

»Unglaublich«, sagte ich, »wir hüpfen 'mal eben' in eine andere Galaxie, aber ich soll das am besten ignorieren! Klar, was ist das schon, haben wir früher als Kinder jeden Tag gemacht! Dasissdoch ...«

»Du wirst Dich an diese Vorstellung gewöhnen, Doc.«

In der Tat, nach ein paar Tagen hatte ich eine andere Vorstellung von den Dingen. Da, wo man jetzt rausgekommen war, mußte man sich nun mit dem Linearantrieb fortbewegen. Das heißt, alles was mehr als fünf Lichtjahre entfernt war, war in diesem Leben nicht mehr zu erreichen, obwohl man gerade erst tausend Lichtjahre in vier Minuten zurückgelegt hatte. Wollte ich also nur zehn Lichtjahre von hier weg, mußte ich so lange den D-Weg probieren, bis ich zufällig dort heraus kam. Deswegen hatte es Jahrhunderte gedauert, bis die Jegoni halbwegs den ihnen ursprünglich bekannten Teil des Kosmos bereisen konnten. Und unser Weg von der Erde nach Heimat ist halt nur der kürzeste bekannte. Es mag einen kürzeren geben oder auch noch ein paar längere, aber da diese nur durch Ausprobieren zu finden sind, gibt man sich mit dem zufrieden, was man hat.

Die wechselnden Perioden, die wir mit D- oder L-Antrieb flogen, waren völlig unterschiedlich lang. Beim ersten Mal waren wir nur für Minuten im 'bunten' Universum gewesen. In den folgenden Wochen gab es manchmal ganze Tage, an denen der Schirm nichts anderes zeigte, so daß ich mich auch an diesen Anblick gewöhnte. Auch hatte ich aufgehört, darüber zu spekulieren, wo wir gerade waren, wie weit weg von der Erde. In jedem Fall zu weit um zu Fuß zu laufen, sagte ich mir. Meine Jegoni-Kenntnisse wuchsen täglich. Eines Tages fragte ich Eddi nach Sprachaufzeichnungen von Borst. Er spielte sie mir vor und ich versuchte zu übersetzen. Dabei hatte ich doch einige Schwierigkeiten zu verstehen, was er sagte und ich begriff, daß er wohl im Gegensatz zu Eddi mit einen Akzent sprach. Also ließ ich Eddi auftischen, was das Archiv sonst noch so hergab. Nachrichten, irgendwelche Reden oder nur aufgezeichneter Funkverkehr.

So erfuhr ich ganz nebenbei, daß Borst eine Tochter hatte. Das Gespräch wurde nach seinem Abflug von Heimat, vor dem ersten D-Sprung geführt. Raklis, so hieß das Mädchen, machte ihm Vorwürfe, daß er heimlich abgeflogen war und sein Versprechen, sie mitzunehmen, gebrochen hatte. Sie wollte auch hinaus in den Raum und durfte erst in zwei Jahren erwarten, daß man ihr ein Schiff überließ. Borst wies sie auf die Risiken hin und daß es bei den Jegoni seit drei Generationen üblich war, allein zu fliegen, hauptsächlich, um die Verluste gering zu halten. Damit meinte man nicht die Schiffe, sondern die Menschen. Offenbar gab es viel weniger Piloten als Schiffe, obwohl doch nicht mehr dazu gehörte, als sich reinzusetzen und Anweisungen zu geben. Jeder Idiot konnte das; das sah man an mir. Und ich hätte den Verlust eines so phantastischen Schiffes viel höher eingeschätzt als den eines einzelnen Mannes.

Außerdem sind die Risiken bei diesen Alles-Könner-Schiffen doch lächerlich gering. Da hätte Borst mal eine Fahrt auf der Challenger buchen sollen. Aber schließlich gab er Raklis gegenüber zu, daß er nur Angst um sein kleines Mädchen habe und sie solle sich doch noch ein paar Jahre eine schöne Zeit machen und in Ruhe überlegen, ob sie es ihm wirklich nachtun wolle. »Ich bin aber kein kleines Mädchen mehr, ich bin schon erwachsen!« und so weiter und so weiter. Familienverhältnisse sind wohl überall im Universum gleich. Dazu gehört auch, daß Borst sich in einer anderen Aufzeichnung in dem Sinne äußerte, daß er sich freue, daß Raklis in seine Fußstapfen treten wolle und die Reihen der aussterbenden Entdecker auffüllen helfe. Aber das hatte er ihr natürlich nicht gesagt.

Neben der Sprache lernte ich auch immer mehr über die Kultur der Jegoni. Jarg hat bei ihnen einen so hohen Stellenwert, daß jede Mahlzeit fast einer religiösen Handlung gleichkommt. Ich durfte da nicht abseits stehen. Eddi vermaß mein Gebiß und stellte mir im UniMaten ein behelfsmäßiges Kunststoffgebiß zum Überziehen her. Es war zwar unbequem zu tragen, aber es versetzte mich in die Lage, Jarg zu essen. Gut, daß man nicht kauen brauchte, dafür hätte ich das Gerät jedesmal wieder herausnehmen müssen. Und ich konnte mir nicht vorstellen, daß das mit den Tischsitten der Jegoni kompatibel wäre. Was die sonstigen Sitten anging, so war da wenig Interessantes. Die Jegoni sind ein dekadentes Volk, das den Zenit seiner technischen Entwicklung vor Jahrhunderten überschritten hatte. Es gab nichts mehr zu verbessern, nichts mehr zu lernen und nichts Neues mehr zu erleben. Also machte man sich ein bequemes Leben, nutzte die Annehmlichkeiten der technischen Errungenschaften vergangener Tage und fing an, vor sich hinzudämmern.

Nur wenige hielten noch ein Interesse aufrecht an dem, was außerhalb von Heimat lag. Eine kleine Gruppe Suchender, von der Erkenntnis getrieben, daß Stillstand Rückschritt bedeutet, versuchte, dem Leben Sinn zu geben, den Kontakt zur Neugier nicht abreißen zu lassen. Aber selbst von diesen Leuten waren die meisten Theoretiker, vielleicht Philosophen, vielleicht nur exzentrische Spinner. Diejenigen, die wirklich noch neugierig waren, die bereit waren, auf Annehmlichkeiten zu verzichten und ein persönliches Risiko einzugehen, Leute wie Borst also, die konnte man fast an zwei Händen abzählen. Eddi wußte von elf weiteren Schiffen, die unterwegs gewesen waren, als sie Heimat verlassen hatten und von zwei weiteren, die die Absicht hatten, im selben Jahr noch zu starten.

Weit über hundert Schiffe standen ungenutzt, aber natürlich jederzeit einsatzbereit, herum. Sie wurden nicht einmal mehr für Vergnügungsfahrten benutzt, selbst dessen war man schon lange überdrüssig geworden. Da sich das Interesse fast der ganzen Bevölkerung nur auf die Muße beschränkte, gab es kaum Konflikte und damit keine Grundlage für Politik. Die Führung hatte der sogenannte Kreis, ein Rat, dem fast ausschließlich die erwähnten Leute angehörten. Solange der Kreis für die Erhaltung der technischen Anlagen, die die Bequemlichkeiten sicherten, sorgte, hatte er darüberhinaus ziemlich freie Hand, die 'Geschicke' des Planeten zu lenken. Kritik oder andere Ideen kamen ohnehin nur aus dem Kreis um den Kreis. Die Leute hielten sich, wohl auch nicht zu Unrecht, für die geistige Elite von Heimat und manchmal gab es auch einen, der sich für etwas noch Besseres hielt. Das waren auf Heimat dann die globalen Konflikte, die sozusagen im Familienkreis ausgetragen wurden.

Die Wochen verstrichen. Der Anblick beim Durchgang durch den D-Raum faszinierte mich immer noch, fesselte mich schließlich aber nur noch kurze Zeit. Man gewöhnt sich an allem, auch am Dativ. Kaum zu glauben, daß ich's erst letztes Jahr noch aufregend fand, als ein Freund mir seinen Sportwagen lieh. Auch fühlte ich mich nicht mehr als staunender kleiner Erdenwurm, der das Wunder einer fliegenden Untertasse erleben darf. Es war mein Schiff, ich war damit, mit Eddi, verwachsen. Wollte ich den

Jegoni etwa trotzen, wenn sie jetzt sagen würden: »Danke, daß Du unser Schiff zurückgebracht hast. Können wir Dich irgendwo absetzen?« Ja und nein. Vielleicht hatte ich nur in den letzten Wochen ein schlechtes Bild von ihnen bekommen. So dekadent sollte sich keine Rasse mit so hochentwickelter Technologie verhalten. Ich glaube, ich war enttäuscht. Enttäuscht, nichts von ihnen lernen zu können, weil ihre Lehrer längst tot waren. Enttäuscht, nicht staunen zu dürfen.

Aber dann sagte ich mir wieder: 'Sei nicht voreingenommen, warte ab.' Das tat ich auch. Doch als sich die Reise dem Ende zuneigte, war da nichts mehr mit ruhig abwarten. Ich wurde immer aufgeregter. Ständig stellte ich mir vor, wen ich zuerst treffen würde, wie die Begegnung ablaufen mag, wie man mich wohl aufnimmt. Ich mußte ja damit rechnen, daß Borsts Verhalten mir gegenüber nicht gerade repräsentativ war. Er gehörte schließlich zu den Ausnahmeerscheinungen auf Heimat. Warte ab, sagte ich mir wieder und versuchte mir keine Vorstellungen zu machen. Es gelang mir aber nicht, mich mit etwas anderem abzulenken. Dann kam es doch ganz anders, weil ich die Realitäten mal wieder übersehen hatte. Bis zur Landung hatte ich nämlich schon einige kennengelernt, denn nach dem letzten D-Sprung hatten wir noch fast drei Tage bis Heimat, konnten aber schon Funkkontakt aufnehmen.

Das heißt, Eddi hatte gleich nach dem letzten Sprung einen Funkspruch auf die Reise nach Heimat geschickt. Das erfuhr ich aber erst zehn Stunden später, als die Antwort eintraf.
»Doc, wir erhalten gerade Nachricht von Heimat!« sagte Eddi und ließ den Schirm umspringen.
Ich sah einen älteren Jegoni, der nochmal sich vergewissernd zur Seite blickte und mich dann ansah.
»Ich bin Kruot«, sagte er. »Mit Betroffenheit haben wir Borsts Tod vernommen und mit Verwunderung die Tatsache,

daß ein fremdrassiges Wesen, ein 'Erdling' wie der Computer sagt, an Bord ist. Nun, da das nicht ohne Borsts Willen so sein könnte, ist das für uns zunächst in Ordnung und wir sind gespannt, etwas über die Umstände zu hören. Der Computer kann dies hoffentlich in Ihre Sprache übersetzen, Fremder, so daß wir umgekehrt auch etwas von Ihnen erfahren können,noch während der Reise hierher. Aber jetzt kann ich noch jemanden nicht abhalten, ein paar Worte zu sagen.«

Anfangs hatte ich zweimal zum Sprechen angesetzt, bis mir klar wurde, daß dieser Kruot mich gar nicht sehen konnte, sondern diese Botschaft schon vor Stunden auf die Reise geschickt worden war.

Jetzt drängte sich eine Frau ins Bild.

»Ich bin Raklis, Borsts Tochter, und ich ... und ich ... Vater, bist Du wirklich nicht da draußen?«

Sie machte eine Pause, schien sich innerlich zusammenzureißen und setzte erneut an.

»Wer immer da an Bord ist,der soll sich ... der soll nicht denken, daß ... ich weiß nicht, was ich sagen will«, sagte sie kopfschüttelnd zu Kruot.

Der gab ein Zeichen und die Verbindung wurde beendet. Eddi hatte die Nachricht aufgezeichnet und ich schaute sie mir noch zweimal an. Dann überlegte ich mir die bestmögliche Antwort.

Es wurde ein etwas längerer Monolog, in dem ich ausführlich schilderte, wie ich Borst kennengelernt hatte und welche Umstände zu seinem Tod geführt hatten. Ich bemühte mich, das alles auf Jegoni zusammenzubringen und wenn ich hängenblieb, ließ ich mir von Eddi helfen. Ich wollte eine exakte Schilderung abgeben. Und ich wollte Emotionen vorläufig heraushalten. Dafür war mir diese Art der Kommunikation zu unpersönlich. Das sagte ich auch abschließend, um keine Mißverständnisse aufkommen zu lassen.

Nachdem ich geendet hatte, fragte ich Eddi: »Wann können wir mit Antwort rechnen?«

»In etwa achteinhalb Stunden!« erwiderte er.

Verdammt, jetzt nur nicht ungeduldig werden. Nur noch ein Katzensprung bis Heimat und der dauerte so lange.

Nun, das stimmte natürlich nicht. Von dem Punkt aus, wo wir aus dem D-Raum aufgetaucht waren, hatten wir noch sechsmilliarden Kilometer bis Heimat zurückzulegen. Umgekehrt zu unserer Reise aus dem Sol-System heraus wurde jetzt beim Einflug in den intrastellaren Raum der Sonne der Jegoni die Geschwindigkeit von anfangs einzehntel Licht sukzessive auf einhundertstel verringert. So brauchten wir für diesen 'Katzensprung' etwas mehr als vier Tage. Nach Erd-Zeit! Aber jetzt sollte ich langsam beginnen, mich umzustellen.Der Tag von Heimat dauert siebenundzwanzigkommadrei (Erd-)Stunden und ist eingeteilt in sechzehn (Heimat-)Stunden. So daß eine Stunde auf Heimat etwa einskommasieben Stunden oder hundert Minuten unserer Zeit entspricht. Das schien ganz leicht zu sein, aber wie sich das umsetzen ließ, würde ich erst noch sehen.

Vielleicht aber auch nicht. Vielleicht wollte man mich gleich wieder loswerden. Wieder überlegte ich, ob ich nicht etwas anderes hätte sagen sollen. Oder ob ich noch etwas hinterherschicken sollte. Dieses Warten.

»Verdammt, Eddi, Ihr habt soviel auf die Beine gestellt, was bei mir zuhause keiner für möglich hält, aber überlichtschnelle Kommunikation is' nich'? Daran seid Ihr gescheitert?«

»Verzeih uns, oh großer Erdenwurm!« sprach Eddi.

»Die nichtswürdigen großen Techniker von Heimat haben sich nicht mal die Mühe gegeben, für Euer Bequemlichkeit ein HyperKom zu erfinden und einzubauen.«

»Vermutlich«, nahm ich den Faden auf, »waren sie gerade mit der Entwicklung des Kaugummiautomaten beschäftigt.

Hast ja recht, Eddi, tut mir leid! Ich halt' nur die Warterei nicht aus.«

Schließlich blieb mir aber nichts anderes übrig. Die nächste Nachricht war ausschließlich von Raklis. Sie wirkte jetzt nicht mehr so konfus, dankte mir für den Bericht und teilte mir mit, daß sie sich – mit Kruots Einverständnis – dazu beauftragt hatte, für den Kreis und die Jegoni die Verbindung zu mir zu halten, Informationen zu sammeln und später mein Ansprechpartner zu sein. Kein Ton über Borst! Obwohl sie es doch gerade erst von mir geschildert bekommen hatte. 'Gerade', das war für mich schon fast neun und für sie fast vier Stunden her. Verrückte Art sich zu unterhalten, aber die Abstände schrumpften. Jetzt, wo ich ihr sagte, daß ich mich freue, daß sie sich entschlossen habe, mich so freundlich ... und so weiter, würde ich nur noch sieben Stunden warten müssen. Dann nur noch fünfeinhalb und immer weniger.

Im weiteren 'Gespräch' sprach Raklis dann auch über Borst. Wollte genaueres wissen über unser Verhältnis zueinander. Warum ich das Schiff hatte. Und besonders hatte sie Fragen über Fragen über die Erde. Sicherlich könnten wir diese Informationen später viel schneller, einfacher und effektiver austauschen, aber ich war Raklis dankbar, daß sie mir damit einen Teil der Wartezeit verkürzte. Und vielleicht tat sie das bewußt. Je näher wir Heimat kamen, desto größer wurde meine Spannung. Und ein Teil dieser Spannung war Angst. OK, ganz allgemein gesehen, nicht verwunderlich, aber wovor hatte ich konkret Angst? Ich versuchte in mich hineinzuhorchen. Die Hauptangst war wohl die, allein, aufgeschmissen und verwundbar dazustehen. Die sichere Schale des Schiffes verlassen zu müssen und die schützende Hand Eddis nicht über mir zu haben. Aber mußte ich darauf wirklich verzichten?
Es dauerte nur wenige Minuten und Eddi hatte den UniMaten

zwei Kommunikationseinheiten herstellen lassen. Eine größere, sichtbare, zum anstecken und eine winzige, die im Gehörgang kurz vorm Trommelfell fixiert wurde. Jetzt würde ich jederzeit Kontakt zu Eddi haben. Außerdem würde das Schiff irgendwo in meiner Nähe sein und mittels einer Sonde würde Eddi sogar Sichtkontakt zu mir halten können. Die Zeit verging. Der große Stern auf den wir uns zubewegten, nahm langsam den Charakter einer Sonne an. Lar, die Sonne der Jegoni, ist ein Roter Riese. Laut Eddi ein noch ziemlich kleiner, aber für mich deutlich roter und größer als unsere Sonne. Elfmal so groß. Heimat ist der fünfte von acht Planeten, die diese Sonne umkreisen. Bemerkenswert ist, daß es hier zwei planetarische Ebenen gibt. Die Planeten drei, vier, sechs und acht umkreisen Lar in einem Winkel von achtundsiebzig Grad zu Heimat und den übrigen.

Heimat selbst ist ein wenig kleiner als die Erde, die Schwerkraft allerdings knapp zehn Prozent höher. Die Atmosphäre enthält fast dreiundzwanzig Prozent Sauerstoff, fünfundsiebzig Stickstoff und nullkommmanullsieben Kohlendioxid. Das Verhältnis von Land- zu Wassermasse auf der Oberfläche ist ungefähr vier zu drei. Da sich die 'Ozeane' netzartig über den ganzen Globus verteilen und die vielen dadurch entstehenden Minikontinente oder Rieseninseln alle eine üppige Vegetation besitzen, erscheint Heimat dem sich nähernden Astronauten als Grüner Planet. Ein ebenso strahlendes Juwel wie die Erde, nur halt nicht blau, sondern grün. Eigentlich sollte man erwarten, daß bei einer solch weltweiten Vegetation der ganze Planet ständig in Wolken gehüllt ist – wie unsere Venus –, um diese zu gießen. Sonst würden Wüsten entstehen. Das dem nicht so ist, liegt daran, daß es hier kein typisches 'Landklima' gibt, wie bei unseren großen Kontinenten, und daran, daß die Durchschnittstemperatur höher ist als bei uns – Heimat besitzt keine vereisten Polkappen – und damit auch die Luftfeuchtigkeit. So wird die Vegetation am Leben gehalten auch ohne ständige Regenfälle.

Eddi riet mir, die letzen Stunden nochmal ordentlich zu schlafen. Ich schickte eine Nachricht los, in der ich Raklis dasselbe
empfahl und haute mich aufs Ohr.

Wider Erwarten schlief ich so fest, daß Eddi einen Heiden-
lärm veranstalten mußte, um mich zu wecken. Wir waren nur
noch fünfhunderttausend Kilometer von Heimat entfernt und da
war der Grüne Planet, den ich bisher nur in Projektionen gesehen hatte, in Natura. Schön, aber nicht so schön wie die Erde,
dachte ich. Ob das nun Patriotismus war? Oder farbpsychologi-
sche Ursachen – ich mochte blau lieber als grün – hatte? Oder
war es nur die Überheblichkeit des aus dem Schlaf Gerissenen?
Trotzdem, die Annäherung an einen Planeten war noch immer
ein Erlebnis für mich. Deshalb hatte Eddi auch den kleinen
Gang eingelegt und wir bewegten uns jetzt wesentlich langsamer,
als wir gekonnt hätten. Trotzdem waren wir schon bald ange-
kommen. Eddi ließ uns in die Atmosphäre fallen und ich beobachtete fasziniert das Glühen des Schutzschirmes. Wir landeten
natürlich punktgenau vor Borsts Haus.

Als ich die Stufen des Ausstiegs hinabging, war Raklis schon da.
Wir standen uns gegenüber und keiner sagte ein Wort.

Wir wußten beide nicht, wie wir uns verhalten sollten. Sie
hatte keine Ahnung von den Gepflogenheiten auf der Erde. Ich
umgekehrt wußte zwar inzwischen, wie ich mich gesellschaftlich
verhalten müßte, aber nur im allgemeinen. Nicht wenn man von
einem anderen Stern kam und jemandem seinen toten Vater
überbrachte. Schließlich hielt ich die Hand hoch. Borst hatte mir
die Hand geschüttelt, aber damit hatte er sich angepaßt. Bei den
Jegoni berührt man nur einander mit den Handflächen. Dabei
zeigt die Länge und die Art des Kontaktes ganz deutlich, wie
nahe sich die Leute stehen. Fremde berühren einander nur kurz,
Freunde halten den Kontakt länger. Und wenn sich zwei richtig
'berühren', daß heißt die Handflächen aneinander bewegen, so
ist das schon eine kleine Intimität.

Diese Art der Begrüßung hat einen großartigen Vorteil. Da jeder der beiden die Berührung abbrechen kann – niemand wird vom anderen festgehalten – kann man damit direkt einschätzen, wieviel Sympathie oder Antipathie einem der Andere entgegenbringt. Unsere Hände berührten sich eine ganze Weile, während wir nach Worten suchten. Wahrscheinlich bildete ich mir das ein, aber irgendwie hatte ich das Gefühl, daß von unseren Handflächen eine Energie ausströmte, die uns jede Unsicherheit nahm.

Schließlich nahm ich sie wortlos bei der Hand und führte sie ins Schiff. Wir gingen zu Borst. Raklis nickte mir tapfer zu, also schlug ich das Laken zurück. Schweigend blickten wir in das ausgetrocknete Gesicht des toten Borst. Sie ergriff meine Hand. Dann fing sie an zu weinen. Ich nahm sie tröstend in den Arm, sie ließ es geschehen. Später, viel später, hörte das Schluchzen auf. Wir hatten immer noch kein Wort miteinander gesprochen.

Raklis löste sich aus meinem Arm und sah mich an.

»Danke!« sagte sie.

Ich wußte zwar nicht, wofür sie sich jetzt damit bedanken wollte, aber das war nicht wichtig.

»Eddi, bring den Skipper nach Hause, bitte!«

Die Bügel sprangen auf, Borst erhob sich und schwebte vor uns her. Dann hörten wir ein donnerndes Geräusch. Als das zweite ertönte, dachte ich, daß draußen geschossen würde. Der dritte Schuß kam wieder im selben Abstand und schlagartig war mir klar, was los war.

»Alles in Ordnung«, sagte ich zu Raklis, »das ist nur Eddi.«

Sie sah mich verständnislos an.

»Salutschüsse!« erklärte ich.

Dann fiel mir ein, daß das möglicherweise ein Mitbringsel von der Erde war und hier völlig unbekannt.

»Ich erklär's Dir später«, sagte ich zu Raklis.

»Jedenfalls ist es von Eddi sehr feinfühlig ausgewählt und

bestimmt angemessen, glau` mir.«

Ich wollte schweigend weitergehen, doch Sie blieb stehen, machte eine fordernde Geste und fragte: »Wer ist Eddi?«

»'Wer, zum Teufel, ist Eddi?' wäre die korrekte Fragestellung, Miss Raklis!« vernahmen wir Eddis Stimme.

»Ich denke, es wäre wohl angesagt, die Zeremonie später fortzusetzen. Tut mir leid, daß das so schief gelaufen ist, Doc. Also, Mylady, ich bin der blecherne Geist dieser Kiste, die Seele des Dampfers, der Computer des Schiffes! Kapito?«

Nur mühsam konnte ich Raklis in der nächsten Zeit davon überzeugen, daß der Computer nicht defekt war und ausgewechselt werden mußte, sondern daß Eddi, von mir gefordert und gefördert, eine Art Persönlichkeit entwickelt hatte. Die Jegoni wußten gar nicht, welche Potenz in ihren Computern steckte und welche Vorteile das haben konnte. Aber, das war man halt nicht gewohnt. Computer hatten Fragen zu beantworten und Anweisungen auszuführen und nicht selbständig Entscheidungen zu treffen. Punkt. Jedenfalls war diese Einstellung möglicherweise mit ausschlaggebend dafür, daß zunächst niemand Einwände äußerte, daß Eddi weiter unter meinem Kommando stand.

Noch am selben Nachmittag fand die Trauerfeier für Borst statt. Bis dahin lernte ich niemand anderen kennen und das änderte sich auch da nicht. Der einzige, der sich die Mühe machte, mit mir zu sprechen, war Kruot. Was er sagte, erklärte auch das Verhalten der anderen. Unsere Bekanntschaft müsse warten, meinte er, jetzt sei er hier als Freund von Borst, um von ihm Abschied zu nehmen.

»Das bin ich auch!« stellte ich fest, aber er sah mich nur verständnislos an. Gut, niemand von denen konnte sich eine Freundschaft dieser artübergreifenden Art vorstellen. Gut, die meisten hier dürften Freunde von Borst oder Angehörige des

Kreises sein – die Leute, die ich treffen wollte –, können mich aber jetzt in ihrem Feiertag nicht unterbringen. Gut, alle blickten mich verstohlen an, manche neugierig, manche angewidert und einige vielleicht sogar haßerfüllt. Vielleicht aber auch nicht – die Mimik war mir fremd, aber die Körpersprache schien vertraut. Gut, ich begriff jedenfalls, daß ich mich im Hintergrund halten sollte.

Ich hatte mich schon eine Weile auf die Rolle des Beobachters zurückgezogen, als Raklis mich auf einmal holte und mir einen Platz neben sich zuwies. Ich folgte stumm, doch durch die Reihen ging ein Raunen und Flüstern.

Einem Impuls folgend drehte ich mich zu Raklis und sagte laut: »Raklis, auch ich bin ein Freund Deines Vaters gewesen. Aber ich hatte bereits Gelegenheit, mich von ihm zu verabschieden, deshalb werde ich Euch jetzt alleine lassen!«

Ich drehte mich um und ging hinaus. Im Augenwinkel bemerkte ich die Verblüffung der Leute. Das komische Tier vom anderen Stern, von dieser Mörderrasse, konnte ihre Sprache sprechen. Das war auch der einzige Grund für meine Ansprache gewesen, den Grundstein für eine Akzeptanz zu legen, indem ich mich 'zivilisiert' zeigte. Ich hoffte, da auf dem richtigen Weg zu sein. Raklis jedenfalls hatte nur genickt und nicht widersprochen. Sie hatte meine Absicht erkannt.

Ein paar Stunden später brachte Raklis Kruot zu mir ins Schiff und verschwand wieder. Ich bot Jarg und Bier an und ließ mich von ihm ausfragen. Er zeigte sich verblüfft, daß Borst und ich uns nur wenige Stunden gekannt hatten und uns trotzdem als Freunde bezeichneten. Verständnislos und angewidert folgte er meiner Schilderung von dem Angriff auf Borst und meinen Erklärungsversuchen zu den Motiven. Dann war es widerum an mir, verständnislos zu gucken, denn daß Borst ein nicht interstellare Raumfahrt betreibendes Volk kontaktiert hatte, bezeichnete er als kriminell und der Kreis müsse sich nun Gedanken um die Verantwortung machen. Deshalb sollte ich morgen kommen, um mit den anderen zu sprechen. Ich verstand nicht, aber selbstverständlich sagte ich zu. Kruot erhob sich, doch ich forderte ihn auf, wieder Platz zu nehmen.

»Ich bin ein schlechter Gastgeber«, sagte ich, ging zum UniMaten und kam mit einem Jegoni–Getränk zurück.

Kruot hatte an dem Bier nur genippt und es dann stehen lassen. Jetzt erst kam ich dazu, ihm zu erzählen, daß Borst dieses Bier programmiert und auch mit Begeisterung getrunken hatte und daß ich seine Meinung dazu hatte hören wollen. Nachdem Kruot seinen Durst gelöscht hatte und ich ihm nochmal versichert hatte, daß Borst tatsächlich von diesem Bier genannten Zeug getrunken hatte, überwandte er sich und probierte noch einmal. Er schüttelte sich grauslich und wir lachten herzlich darüber.

Ich verließ mit ihm das Schiff und ging zu Borsts Haus. Nein, Raklis' Haus. Klopfte man oder gab's irgendwo eine Klingel?

»Eddi«, sagte ich, »meld mich mal an!«

»Null Problemo, Alter, aber saftig!« antwortete Eddi und im nächsten Moment plärrten die Schiffslautsprecher SMOKE ON THE WATER. Bevor ich mich von meiner Verblüffung erholte, riß Raklis die Tür auf und blickte mich verstört an.

»Eddi, stop!« sagte ich. »Hör zu, im Schiff wäre das OK gewesen, aber hier haben wir erstens gerade eine Beerdigung gehabt und zweitens will ich mich nicht mit intragalaktischer Barbarenmusik unbeliebt machen.«

»Ey, Kumpel«, sagte Eddi, während er die Musik abdrehte, »das iss'n sahnemäßiger Megasound – wenn ich Dich zitieren darf!«

»Das ist richtig, Kleiner, aber hier bin ich wohl schwer in der Minderheit, was den Musikgeschmack angeht.«

»Verstehe«, sagte er, »die Trendsetter sind von der anderen Partei.«

Raklis war dem Dialog gefolgt, ohne etwas von ihrer Verstörtheit zu verlieren.

Sie schüttelte den Kopf. »Das ist unglaublich, der redet wie eine normale Person! Nein, das Wort normal sollte ich wieder streichen, aber trotzdem ist es verblüffend. Wie hast Du das gemacht?«

»Naja«, überlegte ich, »wenn Du monatelang da draußen bist, wirst Du entweder selber verrückt oder Du überläßt das jemand anderem. Nette Haustür! Oder darf ich reinkommen?«

»Ich gebe zu, Du bist manchmal genauso schwer zu verstehen wie der Computer. Wie Eddi«, ergänzte sie entschuldigend, während sie mich reinwinkte.

Aber sie verstand eine ganze Menge, denn sie hatte eine schnelle Auffassungsgabe. Damit verblüffte sie mich, denn Borst und ich hatten so oft aneinander vorbeigeredet, daß ich mir eigentlich vorgenommen hatte, hier nur ernsthaft zu reden, weil ich dachte, daß diese Charakterunterschiede tief verwurzelt in den unterschiedlichen Kulturen liegen. Aber Raklis zeigte mir, daß ich hier genauso Verständnis finden konnte, wie ich auf der Erde mit dieser Art anecken konnte. Den ganzen Abend mußte ich ihr von meinem Umgang, meinen Erfahrungen und meinen Erlebnissen mit Eddi berichten und schließlich ließ sie Eddi als dritten Mann an unserem Gespräch teilhaben und amüsierte sich köstlich.

Am Morgen brachte mich Eddi zum Kreis. Ich hatte ein Konferenzzimmer erwartet oder einen Plenarsaal, aber das hier war so etwas wie eine Gartenparty ohne Bier. Das Gelände, auf dem wir uns einfanden, hatte viele Sitzgelegenheiten – Bänke, Steine, Stufen – und überall saßen oder standen kleine Gruppen im Gespräch, von Zeit zu Zeit wechselte jemand von der einen zur anderen. Raklis war schon dort.

Sie sah mich am Tor stehen, winkte mich heran und kam mir entgegen.

»Kruot ist da drüben«, sagte sie.

Während sie mich hinführte, sah ich mir die Leute an. Diesmal wurde ich nicht ignoriert. Man stieß sich an und machte auf mich aufmerksam. Die meisten schauten nur neugierig, einige abweisend,manche freundlich, einer winkte sogar. Denen, an denen ich vorbeikam, nickte ich zu. Ein paar erwiderten den Gruß. Als Kruot mich sah, löste sich seine Gruppe auf und eine neue bildete sich um uns herum. Er stellte mir Hasst vor, Sigol und Marnt. Letzterer war, glaube ich, der, der gewunken hatte.

»Ihr habt hier offenbar Probleme mit der Frauenquote«, sagte ich statt einer Begrüßung; außer Raklis sah ich nur zwei weitere Frauen. Niemand ging darauf ein. Man fragte mich über Borst aus und über meine Schiffsübernahme. An der Erde hatte kaum jemand Interesse. Später führte mich Marnt zu einer anderen Gruppe, dabei erklärte er mir, daß nach den ungeschriebenen Gesetzen der Völker, die interstellare Raumfahrt betrieben, alle Planeten tabu seien, die zum einen intelligentes Leben besäßen, aber zum anderen selbst noch nicht zu interstellaren Reisen fähig wären. Man schätzt, daß etwa siebzig Prozent diesen Sprung nicht schaffen, sondern sich stattdessen selbst vernichten. Und mit einem solchen Aggressionspotential sollten sie nicht mit äußerer Hilfe diesen Schritt machen können und damit zu einer galaktischen Gefahr werden. Ich verstand. Deshalb würden keine Ufos auf der Erde landen und uns in ein goldenes Zeitalter führen.

Nein, Borst hatte einen Fauxpas begangen. Der allerdings nachvollziehbar war, wie mir ein gewisser Rolgh gestand. Rolgh war Biologe, war von unseren physischen Übereinstimmungen noch faszinierter als Borst und ich zusammen und hätte mich am liebsten gleich auf seinen Seziertisch gezerrt. Ich versprach, mich in der nächsten Tagen bei ihm sehen zu lassen und ließ Eddi gleich sämtliche biologischen und medizinischen Informationen von und über die Erde an Rolghs Computer übertragen. Als ich zur nächsten Gruppe wechselte, verließ jemand demonstrativ die Runde.

»Das ist Darlg«, sagte man mir, »er spricht sich dafür aus, Dich entweder in einen Zoo zu stecken oder Dich zu eliminieren.«

»Na, da sei Eddi vor«, sagte ich, »aber Danke für Eure Aufrichtigkeit!«

Die Anwesenden würden jetzt annehmen, daß ich einen Gott namens Eddi verehre. Sollen sie, dachte ich. Da nur etwa die Hälfte der Jegoni Atheisten sind, setzte mich das in keinster Weise herab und selbst wenn, hatte ich nicht vor, ihnen meine Bemerkung zu erläutern.

Darlg blieb der einzige, der an diesem Tag schon eine Meinung zu dem Problem hatte, beziehungsweise äußerte. Später gab es ein gemeinsames Essen. Ich hatte mein Gebiss nicht vergessen, aß mit den anderen Jarg und hatte den Eindruck, daß die meisten diese Geste positiv aufnahmen. Während dieses Essen wollte dann doch der eine oder andere etwas über die Erde und uns Menschen wissen. Das schien mir eine strenge Trennung der Neugier zwischen, sagen wir, privat und geschäftlich. Denn sobald wir wieder zurück im 'Garten' waren, wurde dieses Thema wieder ausgelassen. Bis zum Nachmittag hatte ich wohl mit fast allen mal gesprochen, ohne mich ständig wiederholt zu haben. Bei dieser Art von Austausch schien eine Information schneller herumzugehen, als wenn ein Redner vor einem großen Publikum spricht, das aber nicht zuhört. Man bat mich, am übernächsten Tag wieder zu erscheinen. Ich sagte zu, verabschiedete mich und sah mich nach Raklis um, um sie zu fragen, ob sie Zeit hatte, mich zu begleiten.

Sie hatte. Das war ja schließlich ihre Aufgabe, sagte sie.

»Fein«, meinte ich, »dann mach mal einen Vorschlag, was wir mit dem angebrochenen Feierabend anfangen. Du kennst Dich hier aus. Aber nichts Anspruchsvolles, nur ausspannen.«

Raklis schlug vor, Schwimmen zu gehen. Ich meinte, dazu wäre es schon etwas spät, das wäre doch in der Mittagshitze viel angenehmer.

»Du denkst halt nicht global, Erdenwurm«, meldete sich Eddi, »Eintreffen am heißesten Mittagsbadestrand in sieben Minuten. Pack die Badehose aus!«

Und schon hatte sich das Schiff in Bewegung gesetzt. Das Meer war glatt und ruhig wie unser Mittelmeer an einem windstillen Tag. Das hatte seinen Grund darin, daß die 'Ozeane' hier nicht so groß waren, also der Wind weniger Einfluß hatte, und darin, daß es keine Gezeiten gab, denn Heimat hat keinen Mond. Dabei hatte ich immer gedacht, daß gerade die Gezeitenzonen besondere Bedeutung für die Evolution hätten.

Nach einer Stunde Schwimmen kehrten wir hungrig ins Schiff zurück. Ich genehmigte mir einen großen Teller Bratkartoffeln mit Speck und Spiegelei, den Raklis mißtrauisch beäugte. Erst als sie sich am Jarg gesättigt hatte, überwand sie sich, etwas zu probieren.

»Schmeckt genauso scheußlich, wie es aussieht!« stellte sie fest.

Sie griff nach meinem Bier.

»Und damit werde ich mich wahrscheinlich umbringen.« Sie nahm vorsichtig einen kleinen Schluck. Dann einen größeren. Und schließlich kippte sie den Rest hinunter.

»Hey, Du Schluckspecht, das war mein Bier!« rief ich.

Sie stellte fest: »Schmeckt furchtbar!« und grinste.

Ich holte mir ein neues Bier und ihr etwas Gewohntes, mit dem sie sich den Mund ausspülen konnte. Eddi brachte uns zurück zu Raklis' Haus, doch wir saßen noch bis spät in die

Nacht vor dem Schirm. Während Eddi Bilder von der Erde abspulte, gab ich meine Kommentare dazu ab, erklärte und redete und redete. Raklis' Fragen nahmen kein Ende.

Am nächsten Morgen wachte ich auf und wußte nicht, wie ich ins Bett gekommen war. Dabei hatte ich gar nicht so viel getrunken.

»Du bist im Kommandosessel eingenickt, Doc«, erklärte mir Eddi, »Raklis sagte, ich solle Dich ins Bett hieven und läßt Dir für den schönen Abend danken.«

»Tja«, sagte ich und kratzte mich am Kinn, »soviel zu meinen Fähigkeiten als Gastgeber. Was steht heute auf dem Programm, Eddi?«

»Wie wär's mit Frühstücken?« schlug er vor.

Nach dem Frühstück sah die Welt schon wieder freundlicher aus. Ich wollte auf Entdeckungsreise gehen und mir Heimat ansehen. Das hatte mir niemand verboten. Dennoch wußte ich nicht, ob die Allgemeinheit von meiner Existenz wußte und wie sie auf mich reagieren würde. Ich sollte auf jeden Fall Raklis mitnehmen.

»Eddi, klopf mal an, ob unsere Gouvernante schon wach ist.«

Sie war. Es war mit Kruot abgesprochen, daß sie dem heutigen Treffen des Kreises fernblieb und sich um mich kümmerte.

»Schön«, sagte ich, »dann kümmer mal. Zeig mir Heimat!«

Das, was ich in den ersten Tagen kennengelernt hatte und was wie ein großzügig begrünter Vorort anmutete, war ein Ausläufer der Hauptstadt des Planeten. Ihr Name lautet einfach nur 'Die Große Stadt', weil sie die älteste der wenigen Metropolen auf Heimat ist. Auf dem Höhepunkt der technischen Entwicklung der Jegoni hatte das gesellschaftliche Leben begonnen, sich wieder zu dezentralisieren. Nur etwa fünf Prozent der Bevölkerung – die sich ohne Geburtenkontrolle seit mehreren hundert Jahren bei vierhundert Millionen bewegte – lebte noch in Großstädten. Eddi setzte uns in der City ab und verschwand wieder. Den Rest machten wir zu Fuß oder auf Transportbändern, die die ganze City durchliefen. An den 'Haltestellen' wurde man von einem Kraftfeld ergriffen, auf die Geschwindigkeit des Bandes gebracht und sanft darauf abgesetzt. Da, wo man wieder runterwollte, brauchte man nur in einer bestimmten Zone laut »Absetzen« oder so zu sagen und man wurde ebenso elegant wieder heruntergefischt.

Zwar wollte Raklis mir eigentlich die Sehenswürdigkeiten zeigen, doch bestand meine Hauptaufgabe an diesem Tag darin, zu lächeln, zu winken und mich von Kindern anfassen zu lassen. Offenbar haute die 'sonst so lethargische Masse' – wie Raklis sich ausdrückte – meine Anwesenheit aus den Socken. Dabei hielten mich die meisten aber wohl für einen Exoten, einen Freak, eine Art Body-Art Künstler, wie es sie gelegentlich auf Heimat gibt. Die wenigsten durften über die Anwesenheit eines Fremden informiert gewesen sein, wie mir Raklis erklärte. Regelmäßige Nachrichtensendungen wie bei uns kennen die Jegoni nicht. Alle Neuigkeiten und Informationen, die von irgendeinem Computer erfaßt werden, werden gleich an globale Sammelstellen weitergegeben und sind dort von jedermann zu jeder Zeit abrufbar. Das heißt aber auch, wer nicht fragt, kriegt keine Antwort und weiß nichts Neues. Und da Heimat insgesamt sehr konfliktfrei und friedlich ist, gab es selten Neuigkeiten und so sank das Interesse daran bei den meisten auf Null.

So ging ich also als Einheimischer durch, hätte aber kaum mehr Aufsehen erregt, wenn meine wahre Identität bekannt gewesen wäre. Wir erreichten einen riesigen Markt. Zum einen bekam man dort Jarg, Jarg und Jarg – neben einigen wenigen anderen Gemüsen – und zum anderen jede Menge technischer Geräte. Ich schaffte es nicht, mir zusammenzureimen, ob es sich hier um

Haushaltsgeräte oder um Trödel handelte. Ich wollte Raklis danach fragen, hatte aber das Wort für Trödel nicht parat. Altertümchen ging, sagte ihr aber nichts. Ich fragte bei Eddi an.

»Was man nicht mehr braucht, wandert in den Konverter, Kumpel«, war die Antwort, »was Du hier siehst, ist Kunst.«

»Aber die Leute kaufen das, als ob's am Wochenende sonst nichts zu Essen gäbe. Wird Kunst bei Euch großindustriell hergestellt?«

»Nö«, sagte Eddi, »hier gibt's nur Kleinkünstler. Allerdings machen die etwa fünfzig Prozent der Bevölkerung aus. Und jetzt verbitte ich mir jeden Kommentar!«

Raklis klärte mich weiter auf. Diese Kunstwerke wurden einige Tage oder Wochen aufgestellt, dann gingen sie den Weg allen Trödels. Ich wies Eddi an,ins Vokabelheft für irdisch 'Trödel' das Jegoniwort 'Konverter-Anwärter' aufzunehmen. Einige der Umstehenden hatten meine Konversation mit Eddi mitgekriegt und wirkten irritiert. Raklis zog mich rasch weiter.

Zurück auf dem Transportband sauste eine bunte Mischung von Architektur an mir vorbei. Die meisten Gebäude waren gerade, glatt und zweckmäßig, andere so verwinkelt und verschnöckelt, daß die Grundform verlorenging und ein paar einfach unmöglich.

»Ich hab' keine Ahnung von Statik«, sagte ich zu Raklis, »aber das, was da eben vorbeikam, das kann nicht stehen bleiben. Das müßte schon im Bau eingestürzt sein!«

Ein paar öffentliche Gebäude waren seinerzeit, einer bescheuerten Modeerscheinung nachgebend, so errichtet worden, daß sie von Kraftfeldern getragen wurden und so ihren surrealistischen Touch bekamen.

Seit mehreren hundert Jahren arbeiten diese Kraftfelder rund um die Uhr.

»Ich weiß nicht«, überlegte ich laut, »Energie kostet ja bei Euch so gut wie nichts, aber ich könnte mich nicht darauf verlassen, daß die Dinger eine Ewigkeit keine 'Panne' haben.«

»Was ist eine 'Panne'?« fragte Raklis, denn ich hatte das irdische Wort verwendet, weil die Jegoni ja keine Entsprechung hatten.

Der Tag verging, mir schwirrte der Kopf von den vielen neuen Eindrücken einerseits und dem ständigen Winken und Grüßen andererseits. Ich war hungrig, das bißchen Jarg, was ich zum Mittagessen herunterbekommen hatte, hatte mir nicht gereicht. An Gemüse oder Salat hatte ich mich noch nie sattessen können, ein bißchen was Fleischiges gehörte schon dazu. Eddi schwebte hoch oben über uns ein und holte uns hoch. Mit einem Kraftfeld als Fahrstuhl. Ein Scheißgefühl, so hochgehoben zu werden, ohne was Sichtbares unter den Füßen zu haben. Ich hätte mir beinahe in die Hosen gemacht.

Um es nicht soweit kommen zu lassen, schloß ich die Augen, setzte mich und tastete mit den Händen nach dem 'Fußboden'. Das beruhigte ein wenig.

»OK, Schißhase, kannst die Augen wieder aufmachen!« hörte ich Eddi sagen.

Er hatte uns im Dock abgesetzt, die Tür war auch schon zu, und schlagartig ging es mir wieder besser. Ich sah Raklis an, daß es in ihrem Kopf wieder arbeitete. Mein Verhalten, Eddis Bemerkung. Wir sprachen darüber beim Essen. Den Abend verbrachten wir in ihrem Haus. Ich erzählte von meiner Reise. Besonders die Beschreibungen von den Erlebnissen auf Mars und Jupiter ließen ihre Augen glänzen. Jetzt glaubte ich wohl, daß ihr Wunsch, auch 'rauszugehen', nicht daher rührte, daß sie es ihrem Vater gleichtun wollte. Das war ihr ureigenstes Bedürfnis. Sie war eine von denen die sie hatten: Die Neugier, die die Welt am laufen hält.

»Naja«, sagte ich, »wenn mich einer zurück zur Erde bringt, dann hoffe ich, daß Du es bist.«

Aber das Thema schmeckte ihr nicht. Warum? Borst hatte mir versprochen, daß mich jemand zurückbringen würde.

Aber Borst war tot und vielleicht gewann die Zoo-Fraktion ja die Oberhand. Ich müßte mir morgen ein paar klare Aussagen holen. Am nächsten Morgen erwachten wir gemeinsam auf Raklis Bett. Ich konnte mich nur erinnern, daß wir bis spät in die Nacht auf dem Fußboden gesessen hatten und daß ich lächelnd registriert hatte, wie Raklis eingenickt war.

»Guten Morgen, folks!« hörten wir Eddi. »Bevor es jetzt zu irgendwelchen Verdächtigungen, Beschuldigungen, Entschuldigungen oder anderen Gungen kommt, sollte ich Euch informieren, daß mein Medizinischer-Notfall-Schaltkreis es nicht hat mitansehen können, wie Ihr Eure Gesundheit durch falsche Lagerung während der Erholungsphase ruiniert. Kurz, Ihr seid auf dem Boden eingeratzt und ich habe Euch aufs Bett gelegt. Mea Culpa!«

»Das ist schon OK. Danke, Eddi«, sagte Raklis.

Wir sahen uns an und grinsten. Ich zog sie kurz in meinen Arm.

»Du bist ein Goldstück!« sagte ich und wußte selbst nicht, ob ich Eddi oder Raklis meinte.

# KONFLIKTE

Kurz bevor wir los wollten, meldete sich Kruot und bat mich, meinen Besuch beim Kreis um zwei, drei Tage zu verschieben. Das war alles. Kurz und knapp. Da ich von den Vorgängen und Verfahren im Kreis keine Ahnung hatte, zuckte ich nur mit den Schultern und machte mir keine Gedanken. Raklis allerdings merkte ich eine gewisse Unruhe an, während wir uns wieder auf einen kleinen Trip begaben. Diesmal wollte ich die extremen geographischen Lagen erkunden, Pole, Äquator, Berge, Wüsten und so. Wir verbrachten also die meiste Zeit im Schiff und ließen uns von Eddi rumkutschieren. Extremregionen sind das auf Heimat allerdings nur relativ gesehen. Nichts Aufregendes. Schließlich nervte mich Raklis' Abwesenheit.

»Hör zu«, sagte ich, »wenn Du Dir irgendwelche Sorgen machst, geh hin und mach Dich schlau. Ich seh mir inzwischen Euer Sonnensystem an und bin aus dem Weg. Ihr kennt ja meine Nummer!«

Gesagt, getan, ich setzte sie beim Kreis ab und verduftete. Der siebte Planet, Roost, ist ein großer Brocken mit einer dünnen Methan-Atmosphäre. Früher, sagte Eddi, war er ein beliebtes Ausflugsziel zum Surfen im Ammoniak-Schnee. Dazu hatte man einen düsenbetriebenen Diskus, auf dem man stand und der über Sensoren an den Handschuhen per Bewegungen der Finger gesteuert wurde. Die ersten Male zog es mir regelmäßig den Diskus unter den Füßen weg. Dann versank ich im Ammoniak, der durch die Wärme des Anzugs schmilzt und dann Dampf-schwaden bildet, die die Schneedecke über einem vereisen läßt. Ohne Eddi wäre ich da nicht wieder rausgekommen und tatsäch-lich sollen früher dort einige Sportler ganz fürchterlich verreckt sein, weil sie alleine und ohne Rettungsprogrammierung da waren. Nach Stunden hatte ich den Bogen soweit raus, daß ich wenigstens stehen blieb. Allerdings tuckerte ich dann mit so wenig Fahrt, das ich komplett mit dem Diskus unterging. Es stank immer stärker nach Ammoniak.

Eigentlich müßten die Druckanzüge hundertprozentig dicht sein, aber ich schwöre, daß ich mir den Geruch nicht nur einbildete. Zurück an Bord beendete ich den Tag mit einer Dosenbierparty ohne Dosen, dafür mit heißer Musik.

In der Nacht weckte mich Eddi. Rolgh, der Biologe wollte mich dringend sprechen. Ob ich vorbei kommen würde und er eine Blutprobe von mir haben könnte?

»Jetzt gleich?«

»Je eher, desto lieber, mein Freund!« sagte er.

Ich schlug ihm vor, mir die Blutprobe gleich hier in der Medizinischen nehmen zu lassen. Er solle dem Computer Anweisungen für die Untersuchungen geben und so könne er die Ergebnisse schon kriegen, während wir uns noch auf dem Rückflug nach Heimat befanden. Er war begeistert und ich konnte noch ein paar Stunden in Ruhe schlafen. Dachte ich. Ich träumte von Blutlachen, die nach Ammoniak stinken oder so'n Mist. Jedenfalls fühlte ich mich nicht sehr ausgeschlafen, als wir landeten.Ich nahm mir einen großen Pott Kaffee mit und maschierte nach Eddis Anweisungen zu Rolghs Labor.

Rolgh empfing mich so geschäftig und einnehmend, während er von Entdeckung, DNA-Analyse und unglaublicher Theorie plapperte, daß ich mir sagte, halt die Klappe, gib ihm, was er haben will und warte ab. Und tatsächlich, während die Analysen und Auswertungen liefen, hüpfte er herum wie ein HB-Männchen und beschimpfte die Computer wegen ihrer Langsamkeit und nahm mich kaum wahr. Dann kam das Ergebnis – offenbar ein positives – und er flippte so aus, daß ich Angst hatte, er würde mich auf der Stelle heiraten. Ich packte ihn am Kragen, schüttelte ihn durch und sah ihn an. Dann war er wieder zurück auf diesem Planeten. Er holte erst tief Luft, dann etwas zu trinken und dann faßte er mir sachlich zusammen, was Sache war. Die Übereinstimmung unserer Rassen, die schon Borst fasziniert hatte, hatte sich nach Auswertung der biologischen und medizinischen Daten von der Erde als noch viel ausgeprägter erwiesen, als zunächst vermutet. Ja, durch die DNA-Analyse hatte Rolgh eine echte Verwandtschaft nachgewiesen.

Zumindest sind die Jegoni uns Menschen näher verwandt als die Menschenaffen. Seine Theorie, die er in den letzten zwei Tagen dazu entwickelt hatte, war folgende: Vor zehn-, zwanzigtausend Jahren gab es die erste Blütezeit der jegonischen Technik, allerdings war man damals noch nicht zu interstellaren Reisen fähig. Trotzdem, behaupteten Historiker, habe man versucht, Schiffe mit eingefrorenen Besatzungen in die Tiefen des Alls zu schicken. Ob das reine Abenteuerlust war oder die Zivilisation sich in der Phase der planetaren Selbstzerstörung befand, ist heute nicht mehr bekannt. Auch weiß man nicht mehr, wieviele solche Schiffe gestartet wurden, wohin sie steuerten und ob sie je ein Ziel erreichten.

»Bis heute!« sagte Rolgh und schlug mit der Hand auf den Tisch. »Ich behaupte, eines dieser Schiffe hat die Erde erreicht, dort optimale Lebensbedingungen gefunden und sich mit der humanoiden Bevölkerung dort vermischt!«

Er sah mich erwartungsvoll an.

Ich dachte nach.

»Gut«, sagte ich, » einerseits wäre das eine Erklärung für das Missing Link – unsere Anthropologen behaupten immer, von einer Art, die es auf dem Weg zum Homo Sapiens gegeben haben muß, fehle jede Spur –, aber andererseits wäre das keine Lösung dieses Rätsels.«

»Wieso?« meinte Rolgh, »Ihr seid quasi unsere Enkel!«

»Na, dann erklär mir doch mal, wieso Dein Großvater und

meine Großmutter so kompatibel waren, daß sie miteinander Kinder kriegen konnten und das, obwohl sie sich vierundzwanzig Lichtjahre von einander entfernt entwickelt haben!«

Rolgh triumphierender Gesichtsausdruck verwandelte sich in Verblüffung. Er blickte mich an und schwieg eine Weile. »Ich weiß nicht, was ich sagen soll«, begann er.

Eddi mischte sich ein: »Wie wär's mit 'Spielverderber!'?«

Rolgh schaute verduzt.

»Eddi, halt die Klappe!« sagte ich. Und zu Rolgh: »Vergiß es, mein Computer hat 'nen kleinen Dachschaden!«

Wir redeten noch eine Weile und Rolgh meinte, vielleicht müsse man das Phänomen noch weiter in die Vergangenheit zurück verfolgen. Ich beglückwünschte ihn zu dieser Idee. Wenn es nicht mal Aufzeichnungen über diese Zeit gab, woher wollte er Informationen über noch frühere Zeitalter nehmen.Ich riet ihm, erst einmal zu schlafen, denn er hatte die ganze Nacht durchgearbeitet. Ich flog zu Raklis, obwohl Eddi mir schon sagen konnte, daß sie nicht zuhause ist. Sie war beim Kreis. Dort wollte ich nicht unangemeldet auftauchen, deshalb wartete ich.

Eine Stunde später meldete sich Raklis. Sie wollte wissen, wann ich zurückkommen würde. Da das schon geschehen war, versprach sie, bald zu kommen. Wir fuhren wieder zum Schwimmen. Morgen sollte sie mich wieder mitbringen, sagte sie und erzählte mir, worüber man sich im Kreis die Köpfe heiß redete.

Eine Fraktion war der Meinung, man solle sich nicht so sehr den Kopf zerbrechen, es sei nichts Schlimmes geschehen. Man solle Borsts Versprechen einlösen, mich zurückbringen – keiner würde es merken –, den Kontakt abbrechen und fertig ist die Laube. Der Fürsprecher diese Lösung war in erster Linie Marnt. Was Darlgh wollte, war mir bekannt. Ab in den Zoo oder eliminieren. Nur hatte er inzwischen einige Anhänger gewonnen, die

Borsts Tod nicht ungesühnt lassen wollten. Die Theorie von Rolgh hatte eine dritte Fraktion entstehen lassen, die meinten, ihre möglichen Verwandten nicht sich selbst überlassen zu dürfen, sondern Entwicklungshilfe leisten wollten. Ehrlich gesagt, sympathisierte ich mit der ersten Variante. Besonders mußte ich Marnt zustimmen, daß dieser Wirbel völlig überflüssig war. Ich sah das Problem nicht.

Worüber stritten die sich eigentlich? Dann hatte ich eine Eingebung und ließ mir von Eddi eine Liste der letzten zehn schwerwiegenden Probleme und Debatten geben. Die Liste reichte siebzehn Jahre zurück! Das also war das Problem: Chronischer Problemmangel. Ich mußte lachen, bis Raklis dachte, ich sei übergeschnappt.

»Also«, sagte ich, als ich mich wieder erholt hatte, »morgen schauen wir also brav bei Deinen Debattier-Kumpels rein, aber wenn sie uns auf den Keks gehen, gehen wir surfen auf Roost. Warst Du schon mal da?«

Einerseits wollte sie jetzt ihre Leute verteidigen, die ich so runtermachte, andererseits weckte das Surfen echt ihr Interesse. Noch nie hatte sie jemand eingeladen und alleine hätte sie sich nie getraut. Ich mußte ihr ausführlich von gestern erzählen und sie wurde aufgeregt, wie ein Schulmädchen, das das erste Mal in die Kneipe eingeladen wird.

Dabei hätte sie doch jederzeit die Möglichkeit gehabt. Ich fragte mich, warum die Jegoni das ganze Potential ihrer technischen Möglichkeiten so wenig nutzten.

Wir lagen im Sand.

»Ist es auf der Erde besser?« fragte sie.

Ich schüttelte den Kopf.

»Besser habt ihr es hier bestimmt, aber weißt Du, ein kluger Mann hat mal gesagt 'Stillstand ist Rückschritt' und ihr steht schon verdammt lange still! Es sind die Probleme, die dich fordern und bei deren Lösung Du Dich entwickelst. Zum Guten oder zum Schlechten - Hauptsache, Du entwickelst Dich überhaupt.«

Eine Weile schwiegen wir. Dann rollte sie herum und sah mich an.

»Weißt Du, woran ich denke?« fragte sie.

Ich sah ihr in die Augen, als ich antwortete: »Ich denke, wenn das unsere Großeltern konnten, warum sollte das nicht auch bei uns klappen.« An diesem Nachmittag lieferten wir einen weiteren Beweis für Rolghs Theorie.

Den Abend verbrachten wir mit Nachrichtenmaterial von der Erde – Eddi übersetzte simultan – und ich hatte kaum eine Chance, ihr begreiflich zu machen, daß das keine Fiktion war. Kopfschüttelnd akzeptierte ihr Intellekt dann, was ihre Vorstellung nicht bewältigen konnte. Damit war ihre Frage vom Nachmittag dann endgültig beantwortet. Raklis blieb über Nacht an Bord, aber die Kojen hier waren nur bequem für eine Person, so daß wir schließlich doch getrennt schliefen.

Am nächsten Morgen ließen wir uns nach einem ausgiebigen Frühstück beim Kreis absetzen. Wir waren nicht die letzten, wurden aber schon erwartet.

Marnt kam auf uns zu und sagte: »Heute wird es nicht so entspannt zugehen wie das letzte Mal, fürchte ich. Die Leute haben sich heiß geredet und sich dabei furchtbar entzweit.«

»Weiß Bescheid«, antwortete ich, »die einen wollen gegen die interstellaren Gepflogenheiten verstoßen und die Erde sponsern und die anderen wollen mich lieber umlegen – was auch nicht die feine englische Art ist.«

Die Atmosphäre war in der Tat völlig anders als ich es kennengelernt hatte. Die Gruppen waren größer, es wurde laut und leidenschaftlich diskutiert und ständig wollte jemand aus Rolghs Fraktion von mir eine Bestätigung für irgendwas hören. Die

'Zoo-Anhänger' hingegen mieden es, mich auch nur zur Kenntnis zu nehmen. Allerdings vermißte ich Darlg. Aber der verschaffte sich bald einen spektakulären Auftritt. Ich hatte ihn nicht kommen sehen, als er hereinstapfte, schnurstraks auf mich zu.

Mein Gegenüber sah an mir vorbei und flüsterte ungläubig: »Er hat eine Waffe.«

»Eddi, Schirm!« rief ich und drehte mich um. Jetzt erst sah ich Darlg. Er richtete die Waffe auf mich und drückte ab. Ein kurzes Aufblitzen der Mündung und gleichzeitig kurz vor mir in der Luft. Darlg blickte ungläubig, aber ehe er ein zweites Mal schießen konnte, hatten ihn einige der Umstehenden überwältigt und entwaffnet.

Ich weiß nicht, welches Erstaunen überwog, daß jemand von ihnen auf jemanden geschossen hatte oder daß ich nicht tot war. Dazu kam, daß die meisten wohl mit der Situation überfordert waren und so langsam das Chaos auszubrechen drohte. Da trat Kruot hervor, spielte seine ganze Autorität aus und gab ein paar kurze Befehle, die umgehend eine gewisse Disziplin herstellten. Darlg wurde an die Seite gebracht und von drei Auf-passern umgeben, Kruot erhielt die Waffe und stieg auf einen Stein, die anderen versammelten sich davor und Raklis zog mich rüber an die andere Seite. Kruot eröffnete die Verhandlung – wie mir jetzt klar wurde – mit der Feststellung, daß seit Jahrzehnten hier niemand mehr einen anderen getötet hatte und daß nach den überlieferten Gesetzen dieses, oder auch nur der Versuch dazu, mit der Tötung desjenigen beantwortet würde. Dazu wollte er jetzt Äußerungen von Darlg, von mir und dann von anderen.

Darlg sprach gefaßt und selbstbewußt. Offenbar hatte er diese Verhandlung erwartet und sich darauf vorbereitet. Nur hatte er sicher nicht erwartet, lediglich des Versuchs angeklagt zu sein.

»Wie ihr sicher alle bemerkt habt, ist seit der Ankunft von Borsts Schiff ...« begann er, geschickt vermeidend, mich als Person zu erwähnen. Der Kreis hätte sich entzweit, wie man es vorher noch nicht erlebt hätte und dem hatte er ein Ende setzen müssen. Er schloß mit einem lapidaren:»Im übrigen beziehen sich die erwähnten Gesetze auf die Tötung eines Jegoni und nicht auf die eines Tieres und haben somit nicht die geringste Relevanz!«

Er sah in die Runde und dann zu Kruot. Kruot blickte ausdruckslos zurück und dann zu mir. Raklis trat einen halben Schritt vor, offenbar wollte sie für mich sprechen.

Ich ergriff ihren Arm, zog sie zurück und sagte:»Da mir dieses Verfahren hier unbekannt ist, möchte ich mich nur zu den beiden Punkten äußern, die mein Vorredner angesprochen hat.«

»Zum einen ist es sicher richtig, daß Einigkeit Stärke bedeutet und für ein solches Gremium hier eine gewisse Notwendigkeit hat. Allerdings sollte man Meinungsverschiedenheiten, unterschiedliche Ansichten zu einem Sachverhalt und den Austausch von sachlichen wie emotionalen Argumenten nicht verwechseln mit einem Zerbrechen der Einheit. Solange da Individuen sind, sind da auch individuelle Ansichten. Das ist keine Gefahr – lediglich ungewohnt! Zum anderen muß ich Darlg zustimmen, was den Punkt angeht, daß sich diese Gesetze wohl erst einmal nur auf Jegoni beziehen.«

Ein leichtes Raunen ging durch die Gruppe und Darlg schaute mich ungläubig an.»Deshalb solltet Ihr Euch jetzt auch nicht daran gebunden fühlen, so daß wir auf die Konsequenz – die Tötung einer Person – verzichten können.«

Warum überhaupt töten, hätte ich an dieser Stelle am liebsten gefragt. Die Antwort bekam ich später von Eddi.

Nicht, daß ich das Wort für 'Gefängnis' nur nicht wußte, es gab gar keins. Es gab keine Gefängnisse und es gab keine Kapitalverbrechen. Die häufigste Straftat war die Verletzung von Urheberrechten, sprich Abkupfern bei dieser Trödel-Kunst. Keine Gefängnisse, kein Freiheitsentzug. Blieb also für die seltenen Fälle nur die drakonischste aller Strafen: Tod.

»Allerdings«, sprach ich weiter, »habt Ihr doch schon Kontakt zu anderen Zivilisationen gehabt und ich mache mir in diesem Zusammenhang Gedanken über den Begriff Gastfreundschaft. Borst und ich, wir waren beide in derselben Situation. Beide auf einem fremden Planeten, beide in Kontakt mit Leuten, die uns als Gast sehen, wie mit Leuten, die uns als Monster betrachten. Der einzige Unterschied ist, daß es Borst zuerst passierte und ich aus seinem Fehler lernen konnte.«

Damit hatte ich Darlg auf eine Stufe mit Borsts Mörder und die Jegoni auf eine Stufe mit den Menschen gestellt.

Aus Wortmeldungen zur Verhandlung erwuchsen wieder Diskussionen und so langsam kehrte das Ganze in den vorherigen Zustand zurück, ohne daß die Verhandlung offiziell beendet wurde. Bald stand auch Darlg nicht mehr abseits. Ich allerdings zog mich zurück.

»Warte!« sagte Raklis und verschwand.

Ich sah sie mit Kruot flüstern, dann kam sie zurück und zeigte mir heimlich die Waffe. »Ich hab' sie Kruot zur Aufbewahrung abgeschwatzt, ehe es einer von Darlgs Leuten tut«, erklärte sie verschwörerisch.

Wie ich erfuhr, gab es auf Heimat kaum Waffen, weil kein Bedarf da war, und es war entsprechend schwer, an welche heranzukommen. Trotzdem glaubte ich nicht, daß Darlg dadurch ausgeschaltet war. Wenn er trotz dem, daß ich mich eben für ihn ausgesprochen hatte, weiterhin gegen mich wäre, würde er auch eine weitere Waffe auftreiben.

»Eddi, wie sind die Möglichkeiten einer Überwachung?«

Weil alle Computer miteinander vernetzt sind, kann man jederzeit, wenn man jemanden sucht, erfahren, welches Terminal er gerade benutzt oder zuletzt benutzt hat. Das gestattet natürlich noch lange keine völlige Überwachung. Deshalb schlug Eddi vor, eine kleine Sonde über Darlg kreisen zu lassen, womit er gute Chancen hätte, ihn im Auge zu behalten. Dies würde allerdings nur solange funktionieren, wie Eddi sich auf Heimat befände. Aber inzwischen waren wir schon einige hunderttausend Kilometer weit weg, auf dem Weg nach Roost. Ich wies Eddi an, die Kommunikationseinrichtungen abzuschalten, so daß niemand wüßte, wo wir waren. Wir verbrachten ein paar herrliche Tage im Skiurlaub, hatten eine Menge Spaß und vergaßen das Problem, das auf Heimat die Köpfe rauchen ließ. Im Stillen hoffte ich einerseits, daß es bald ausdiskutiert war und andererseits, daß es das nicht war. Denn sobald man sich auf eine Lösung geeinigt hätte, rückte unweigerlich der Tag meiner 'Abschiebung' näher.

Ich merkte, daß Raklis genau wie ich froh war, dem Trubel entgangen zu sein. Das heißt, die anderen Leute los zu sein. Hier draußen war man sein eigener Herr, konnte tun und lassen, was man wollte und brauchte auf niemanden Rücksicht zu nehmen, der meinte, nur er wüßte, was für andere gut und richtig sei. Wir beschlossen, kurz nach Heimat zurückzukehren und uns dann aufzumachen, einen vier Lichtjahre entfernten Doppelstern mit seinen Planeten zu besuchen. Eine wissenschaftliche Expedition wollten wir es nennen, da Raklis meinte, sie kenne einen Astronomen, der bestimmt Interesse daran hätte. Wir würden uns ein paar Instruktionen und Wünsche mitnehmen und schon hatten wir einen seriösen Anstrich für das, was wir beide als Vergnügungsreise betrachteten. Vielleicht, meinte sie außerdem, würde meine Abwesenheit die Gemüter weiter abkühlen lassen und eine Entscheidung auf unbestimmte Zeit aufschieben.

Das mit dem Abkühlen ging schneller als wir dachten. Als wir nach einer knappen Woche von Roost zurückkamen, war man offensichtlich schon wieder zur Tagesordnung übergegangen. Wie Raklis, die alleine zum Kreis ging, erfuhr, war ich nur noch gelegentlicher Gesprächsstoff. Die meisten hatten sich Marnts Meinung angeschlossen und sahen keinen akuten Handlungszwang. Rolgh stand letztendlich mit seiner Bruderhilfe alleine da und hatte sich schmollend in die passive Meinungsäußerung zurückgezogen. Soll heißen, er sagte in der Regel demonstrativ nichts. Darlg hatte weit heftigere Konsequenzen gezogen. Mit seinen letzten beiden Mitstreitern war er seit drei Tagen den Treffen fern geblieben. Ich hatte Raklis beauftragt, für mich um die Erlaubnis zu bitten, am nächsten Tag noch einmal als Gast teilnehmen zu dürfen. Jetzt hielt ich das nicht mehr für nötig, aber nachdem man meine Bitte gewährt hatte, mußte ich wohl morgen da auftauchen.

Hoffentlich rührte das nicht wieder alles auf. Und hoffentlich erwartete man jetzt nicht von mir einen gewichtigen Grund für mein Ansinnen. Ich beschloß, mich vorwiegend dumm zu stellen – als wäre ich von einem anderen Planeten – und unsere Expedition zum Thema zu machen. Tatsächlich gab diese dann auch Anlaß zur Diskussion. Erstens wäre Raklis der jüngste Jegoni, der in den letzten zweihundert Jahren Heimat verlassen hätte und zweitens wollte man nicht das Risiko eingehen, ein Schiff mit zwei Personen zu bemannen. Ich redete mir den Mund franselig, daß mehr Besatzungsmitglieder das Risiko verringerten, weil man im Notfall einander helfen könne. Aber vergeblich, so etwas wie einen Notfall gab es bei den Jegoni nicht. Entweder das Schiff verschwindet in einem schwarzen Loch oder erleidet ein ähnlich dramatisches Schicksal oder es kommt zurück. Vielleicht wären ja einige der verschwundenen Schiffe mit einer anderen Besatzung zurückgekommen, gab ich zu bedenken. Aber das paßte nicht in ihr Weltbild.

Außerdem hatte ich den Eindruck, daß man nur so heftig

debattierte, weil man wieder ein Thema hatte. Wenn Raklis und
ich uns einfach mit Eddi auf den Weg machen würden,würde da
kein Hahn nach krähen. Ich versuchte gerade Raklis dies durch
Blicke zu signalisieren, als ich Eddi in meinem Ohr flüstern
hörte.»Weise Voraussicht, eine Sonde kreisen zu lassen, Doc!
Ich habe gerade Darlg und seine zwei Kumpane entdeckt. Sie
kommen auf den Eingang zu. Bei Darlg kann ich eine Energiequelle ausmachen, die auf ein aktives Plasmagewehr hindeutet.«

»Problem für uns?«

»Nein! Jetzt holen sie die Waffen heraus. Die beiden anderen
haben auch jeder ein Gewehr, allerdings trocken. Entweder sie
haben keine Magazine bekommen und wollen bluffen oder die
haben keine Ahnung, wie so'n Ding überhaupt funktioniert. Sie
kommen rein. Also, Auftritt böser Bube. Ich fahr schon mal den
Schirm hoch.«


Während Eddi redete, hatte ich mich von den anderen abgeson-
dert – es sollte niemand gefährdet werden, wenn Darlg hier rum-
ballerte. Allerdings mußte ich es leider soweit kommen lassen.
Ein Präventivschlag könnte mir zu leicht als bösartiger Angriff
ausgelegt werden und die Diskussion zu meinen Ungunsten wieder anheizen. Die drei waren schon gut zehn Meter weit gekommen, als sie bemerkt wurden. Die Reaktionen waren ganz unterschiedlich. Einige wichen bestürzt und still zurück, andere
beschimpften Darlg und traten erst den Rückzug an, als sie in
die Mündung schauten. Darlg kam direkt auf mich zu, die beiden anderen sicherten nach den Seiten. Plötzlich stand Kruot
vor mir. »Halt!« sagte er. »Wage es ja nicht, hier noch einmal
eine Waffe zu benutzen!«

»Schirm für Kruot!« wies ich Eddi leise an.
Darlg sagte nur: »Geh aus dem Weg, Kruot!« und ich sah ihm
an, daß er sich nicht auf eine Diskussion einlassen würde. Als
Antwort verschränkte Kruot nur demonstrativ die Arme.

»Eddi, schieb ihn beiseite!« sagte ich.

Und während Kruot plötzlich von einer unsichtbaren Kraft gepackt und mehrere Meter nach rechts versetzt wurde, trat ich auf Darlg zu und sagte: »Du willst mich, Kleiner. Hier bin ich, aber Du triffst mich nicht unvorbereitet. Wenn Du nicht mehr hast als das da, wirst Du wieder verlieren. Also laß doch den Quatsch!«

Ich sah, daß ihn die Verschiebung Kruots irritiert und er mir gar nicht richtig zugehört hatte. Jetzt aber riß er sich zusammen.

»Das da?« fragte er und feuerte auf mich. Der Strahl verschwand kurz vor mir, aber ich schloß geblendet die Augen. 'Ich würde auf den Kopf halten', dachte ich bei mir, 'da genau reinzugucken tut der Netzhaut bestimmt nicht gut.'

»Das wird durchaus ausreichen,« sprach er weiter, »das wird Dein Kraftfeld nämlich höchstens zwei Minuten durchstehen!« Damit drückte er wieder ab und hielt diesmal die Waffe auf Dauerfeuer.

Ich hielt mir die Hand vor die Augen.

»Eddi, an dem Schirm müssen wir noch arbeiten. Wenn ich dahinter blind werde, ist das Scheiße. Und jetzt knips ihm das Licht aus!«

»Entschuldigung...« fragte Eddi und ich merkte, er hatte meinen Gedanken nicht nachvollziehen können.

»Eddi, Keule!« präzisierte ich.

»Aye, aye!« kam die Antwort.

Dann hörte das Feuer auf. Als ich wieder zu blinzeln wagte, lag Darlg schon zusammengesunken am Boden. Seitlich von mir bis zu ihm war der Boden versengt, aber jetzt feuerte die Waffe nicht mehr. Ich trat einen Schritt vor und blickte die beiden anderen an. »Na, und was ist mit Euch Komikern?« Einer der beiden richtete zögernd die Mündung auf mich, aber als der andere seine Knarre hinschmiß, verließ auch ihn der Mut. Er warf seine ebenfalls zu Boden und beide rannten raus, als wäre ihnen der Teufel auf den Fersen.

»Schirm aus!« sagte ich, bückte mich und nahm Darlg's Waffe an mich.

Im nächsten Augenblick schmiegte sich Raklis an mich und drückte meine Hand.

Ich sah sie an.

»Angst gehabt?«

»Nein!« log sie tapfer und schüttelte den Kopf. »Aber wie hast Du das gemacht?«

»Das würde mich allerdings auch interessieren«, sagte Kruot, den Eddi wieder freigegeben hatte, im Näherkommen. Ich konnte nur den Kopf darüber schütteln,wie wenig Phantasie diese Leute hatten, ihre 'Werkzeuge' zweckzuentfremden.

»Eddi hat lediglich über Darlg's Kopf ein Kraftfeld geschaffen und das mit zwanzig Metern pro Sekunde auf ihn zubewegt bis einen Zentimeter über den Berührungspunkt hinaus. Das ist alles. Mit den Kraftfeldern kann man fast alles machen. Zum Beispiel hätte Darlg sich nur theoretisch da hindurchbrennen können. Praktisch hätten wir einfach mit dem zweiten Feldgenerator nur einen Zentimeter dahinter ein zweites Feld errichten können, bevor das erste zusammenbricht. Oder man könnte der Waffe den Lauf verbiegen oder dem Bediener die Hand brechen oder, oder.« Einige solcher Möglichkeiten hatte ich mit Eddi einstudiert, deshalb hatte ein Wort genügt.

Die Umstehenden starrten mich verblüfft an und ich merkte, daß zwar einige meine Findigkeit bewunderten, die meisten aber entsetzt waren und ein paar sicher daran dachten, daß Darlg mich als Angehörigen einer gefährlichen Rasse bezeichnet hatte und ihm jetzt unbewußt recht gaben. Ich wollte die Situation abbrechen. Vor allen Dingen wollte ich weg, ehe wieder die Diskussion losging, ob Darlg jetzt ein Verbrechen begangen hatte oder nicht. Auf der Erde hätte ich das so gesehen, denn da wäre ich jetzt tot gewesen. Aber wenn man so phantastische Möglichkeiten hat, sich zu schützen, relativiert das die Sache.

Ich kam mir nicht anders vor, als hätte ich einem Kind auf die Finger geklopft, das gerade Kekse klauen wollte.

»Also, Kinders,« sagte ich, während ich Raklis in den Arm nahm und Richtung Ausgang schob, »wir haben noch ein Date mit Eurer komischen Doppelsonne. Die können wir nicht warten lassen. Bis dann, wir hören voneinander!«

Und ehe es jemand so richtig gecheckt hatte, waren wir draußen.

# KRIEG

Eddi setzte uns in einem großen Waldgebiet ab. Hier würden wir kaum jemandem begegnen. Nur mit einer Feldflasche bewaffnet schritten wir ordentlich aus und machten eine fünfstündige Wanderung, weil wir ab morgen wieder Monate im Schiff verbringen würden. Als wir schließlich Eddi heran holten, waren wir müde und vor allem hungrig. Der UniMat tischte uns zwei herrliches Menüs auf. Dazu gab es einen süßen Rotwein, der auch Raklis schmeckte. Eigentlich wollten wir die Nacht bei ihr verbringen, aber nach dem dritten Glas rollten wir uns nur in die Kojen und ließen das Schiff, wo es gerade war. Schicksal, Zufall oder Abfall? Jedenfalls war das unser Glück. Morgens glaubte ich ein heftiges Gewitter zu hören und drehte mich nochmal auf die andere Seite, um wieder einzuschlafen. Plötzlich ging die Alarmsirene los, mit der Eddi mich schon einmal geärgert hatte.

Gerade wollte ich brüllen, daß ich ihm die Leitungen aus seinem dämlichen Elektronenhirn reißen werde, als der Lärm abrupt wieder verstummte.

»Es hat eine furchtbare Katastrophe gegeben, Boß!« sagte Eddi. Zuerst konnte er nur die aufgefangenen Daten – Schall, Bodenvibrationen, Veränderungen von Lufttemperatur und -druck – heranziehen, die auf ein Beben oder einen Meteoriteneinschlag in der Nähe hindeuteten. Da diese aber zu widersprüchlichen Ergebnissen führten, hatte er beim Zentralrechner in der City anfragen wollen. Aber der war nicht am Netz. Oder es gab ihn nicht mehr.

»Totales Chaos, Doc«, sagte er, »alle Kanäle zur City sind abgeschnitten. Als ob die Stadt ausradiert worden sei.«

»Mögliche Ursachen?« fragte ich.

»Eine Explosion! Kosmische Ursache oder technische«, war die Antwort.

»Können Eure Energiequellen hochgehen?« wollte ich wissen.

»Schmelzen und durchbrennen vielleicht, aber nicht explodieren.«

»Gut, bleibt die kosmische Ursache. Richte mal Deine Detektoren nach oben und sieh nach, ob noch mehr runterfällt. Und ruf irgendwo aktuelle astronomische Aufzeichnungen ab, sowas muß man doch ankommen sehen.«

Einen Moment war es still. Dann sagte Eddi: »Oh, oh! Wir haben Besuch, Alter! Ein fremdes Schiff befindet sich im Orbit. Und wie es aussieht, haben die die City weggeputzt.«

Ohne Reaktion auf diese Nachricht dachte ich nach. Ich glaube, ich realisierte gar nicht, was Schreckliches passiert sein sollte, sondern ich wollte nur richtig reagieren und keinen Fehler machen.

»OK, wir müssen uns ein Bild machen und zur Stadt. Aber falls die auf alles schießen, was sich bewegt, müssen wir den Kopf untenhalten. Eddi, hier in der Nähe war ein Fluß. Häng Dich da rein, laß uns bis zur Mündung fahren und dann zur Großen Stadt tauchen soweit es geht. Laß Dir Zeit und mach nicht solche Wellen!«

»Gegenvorschlag«, antwortete Eddi, »die verschwinden gleich hinterm Horizont, dann haben wir Zeit, bis die auf der anderen Seite wieder auftauchen.Sollte mich wundern, wenn die uns trotzdem anmessen können.«

»Unterschätze die nicht,Du weißt gar nichts von denen!« mahnte ich.

»Trotzdem OK. Aber im Tiefflug, klar?«

Das Schiff flitzte los, mit atemberaubender Geschwindigkeit sahen wir die Bäume unter uns auf dem Schirm dahinrasen. Dann das Meer, dann die Küste des Kontinents, auf dem die Stadt lag. Eddi stieg auf, wir sahen in der Ferne einen riesigen

Krater, in dessen Mitte sich Lava und flüssiges Metall sammelte. Dann kippten wir nach rechts weg, es ging wieder abwärts und in circa hundert Kilometern Entfernung vom Kraterrand tauchten wir in einen See ein.

»Keine Radioaktivität!« berichtete Eddi. »Wir können in der Nähe bleiben.«

Raklis, an der die ganze Sache bisher scheint's vorbeigelaufen war, stand reglos vor dem Bildschirm. »Zeig mir das nochmal«, flüsterte sie. Eddi wiederholte die Bilder vom Anflug.

»Stop!« sagte Raklis. Der Bildschirm zeigte den Krater. Weit neben dem Rand waren Gebäude zu sehen.

Für Raklis waren es vertraute Gebäude. Sie sank auf die Knie und die Tränen rannen über ihr Gesicht, während kein Laut über ihre Lippen drang. Ich kniete mich hinter sie und nahm sie in die Arme.

»Schirm aus!« sagte ich und das Bild erlosch. Jetzt erst begann Raklis richtig zu weinen. Zuerst heulte sie nur Schmerz und Trauer heraus, dann begann sie zu schreien und zu toben. Sie hatte also noch die Kraft, wütend zu werden. Das war gut, darauf läßt sich aufbauen. Als sie fertig war, gab ich ihr ein leichtes Beruhigungsmittel. Dann wollte ich von Eddi wissen, was es Neues gab. Erfreulicherweise hatte er bereits Kontakt aufgenommen zu Kruot, Marnt und einigen anderen Mitgliedern des Kreises, die außerhalb der City wohnten und mit kleineren oder größeren Blessuren, aber jedenfalls mit dem Leben, davon gekommen waren. Sie hatten sich in einem Schiff gesammelt. Auf meinen Rat hin bewegten sie sich ebenso geduckt wie wir und wir trafen uns in einem Tal unweit unseres Sees.

Alle sahen geschockt und verstört aus und wußten mit der Situation nicht umzugehen.

»Also«, sagte ich, »sammeln wir erst einmal die Fakten. Was ist genau passiert, wie und warum? Wer sind die, wo kommen die her und was wollen sie? Und dann schließlich: Was können wir tun?« Kruot stand da mit hängenden Schultern, als er sprach: »Ein fremdes Schiff. Eine unbekannte Rasse. Sie haben das ganze Zentrum ausgelöscht. Zehntausende von Toten in einer einzigen Sekunde! Vor zehn Minuten sendeten sie ein Ultimatum: >>Wir haben Euch seit Monaten beobachtet, Ihr habt unserer Feuerkraft nichts entgegenzusetzen. Wir erwarten Eure bedingungslose Kapitulation. Ihr habt einen Tag Bedenkzeit.<< Immer wieder nur diese Worte, etwa fünf Minuten lang. Seitdem herrscht Funkstille. Das Schiff befindet sich in einem Orbit um Heimat.«

»Und«, fragte ich, »haben sie recht? Könnt ihr nichts gegen sie machen?«

»Unsere Schiffe sind nicht für Krieg ausgelegt«, sagte Kruot resigniert, »wir wollten niemals erobern und wir haben nicht gedacht, uns jemals verteidigen zu müssen. Wir werden akzeptieren müssen, was sie verlangen.«

Ich drückte Raklis' Hand, ich wollte nicht, konnte nicht so schnell aufgeben.

»Wieviele Schiffe habt ihr, etwa zweihundert? Und die haben nur eines, ja?«

»Aber unsere Schiffe haben keinerlei Waffen!« sagte Raklis.

»Abwarten, laßt mich überlegen. Eddi, Du hast mitgehört?«

»Klar, Häuptling, tapferes Eddi schlafen nie!«

»Der Gegner ist allein, ja?«

»Keine weiteren Schiffe im intrastellaren Bereich auszumachen, Doc.«

»Wieso«, fragte ich, »ist er unentdeckt geblieben, besonders wenn der schon Monate hier sein will?« Die verblüffende Antwort war, daß er gar nicht unentdeckt geblieben war.

Auf Abruf zeigten die Daten der astronomischen Beobachtungsstationen auf Lar VIII und Lar II, daß dieses Schiff sich schon im letzten Jahr hier herumgetrieben und dann außerhalb des Sonnensystems gewartet hatte. Nur hatten die Computer keinerlei Anweisungen, auf solche Beobachtungen zu reagieren und der 'zuständige' Mann, der sich um diese Daten kümmerte, war vor gut zwei Jahren kurz nach Borst abgereist und noch nicht wieder zurück.

»Sauber geschlafen!« stellte ich fest. »Eddi, wie lange würde Dein Schild dem Feuer dieses Banditen standhalten?«

»Wenn die Stadt mit seiner vollen Feuerkraft zerstört wurde, ein bis zwei Minuten. Wenn er noch mehr drauf hat, entsprechend kürzer.«

»Und zwar bei einem kugelförmigen Vollschild«, überlegte ich. »Wenn Du nur ein Kugelsegment in Richtung Gegner aufbaust, wächst dessen Stärke im gleichen Maß, wie sich die Fläche verkleinert, richtig?«

»Theoretisch richtig«, antwortete Eddi, »aber praktisch ist das kein Schutz. Die Energie strömt über die Ränder des Kraftfeldes herum. Und außerdem gibt es auch Lenk- und Explosionswaffen.« Das war für meine Idee nicht relevant.

»Ja, ja. Kannst Du alle zweihundert Schiffe koordiniert steuern, Eddi?«

»Wenn mich, beziehungsweise Dich, der Kreis dazu autorisiert, ja.«

»Hört sich gut an, Kumpel, jetzt muß ich noch an den Taschenrechner in Dir appellieren – gib mir noch ein paar Zahlen durch. Raklis, besorgst Du was zum Schreiben?«

Sie öffnete den Mund, schluckte ihre Frage dann runter und verschwand. Als sie zurück war, ließ ich mir von Eddi ein paar Kugeloberflächen ausrechnen.

»Noch eines: Wie groß ist deren Schiff?«

»Länge beträgt fast dreihundertfünfzig Meter.«

Ich stieß einen Pfiff aus. Damit hatte ich nicht gerechnet, das könnte alle meine Überlegungen zu Makulatur werden lassen.

»Die Ausdehnung ihres Schutzschirmes?«

Ich hielt den Atem an.

»Ihr Schirm scheint eine energetische Verstärkung der Außenhülle zu sein und geht nicht über deren Größe hinaus.«

»Gut, gut.« Ich wandte mich wieder den Zahlen zu.

»Was brütest Du aus?« platzte Raklis endlich heraus.

»Warte ab«, sagte ich, »ich dachte mir, wenn wir keine Waffen haben, können wir uns ja vielleicht welche bei denen ausleihen.«

Raklis guckte mich verwirrt an, Kruot hingegen schüttelte den Kopf, überzeugt, daß ich übergeschnappt war. Ich plante weiter: »Eddi, paß auf, folgende Überlegung – Und wenn Du einen Grund findest, warum das nicht klappen sollte, muß ich Dir leider den Stecker rausziehen! – Dein Schutzschild hat die maximale Stärke bei der Größe von hundert Metern Durchmesser. Das bedeutet eine Oberfläche von einunddreißigtausendvierhundert Quadratmetern.

»Der Gegner hat eine Größe von dreihundertfünfzig Metern. Wenn sich nun die zweihundert Schiffe gleichmäßig, kugelförmig um den Gegner anordnen und in seine Richtung je ein Kugelsegment aufbauen, die sich insgesamt zu einer Kugel von vierhundertfünfzig Metern Durchmesser vereinigen, dann hat jedes dieser Kugelsegmente eine Fläche von dreitausendeinhundertachtzig Quadratmetern. Da das etwa ein Zehntel der Normalschirmfläche ist, ergibt sich die zehnfache Stärke, beziehungsweise wir können dem Feuer circa fünfzehn Minuten standhalten. Richtig oder falsch?«

»Richtig.«

»Die Schiffe müßten in möglichst kurzer Zeit ihre Position einnehmen, natürlich ohne dabei zusammenzustoßen.«

»Laß mich nachdenken«, sagte Eddi zur großen Verwirrung von Kruot, der jetzt gespannt zuhörte und mich offenbar nicht mehr für verrückt hielt. Auch die anderen rückten interessiert näher.

Eddi hatte seine Berechnung abgeschlossen und meldete: »Von einem Standpunkt direkt unter dem Gegner aus, läßt sich die Formation in dreikommasieben Sekunden aufbauen, bis ein nahtloses Ineinandergreifen der Kraftfelder gewährleistet ist, vergehen weitere nullkommavier Sekunden. Doch müssen die Schiffe erst gesammelt und dorthin gebracht werden, ansonsten würde ein Aufbau der Formation von den jetzigen Standorten der Schiffe aus weit über eine Minute brauchen.«

»Und das ist entschieden zu lang, richtig Eddi! Mir fällt noch was ein. Ihr sagtet beide, Du und Kruot, das Schiff befindet sich im Orbit. Heißt das, auf einer ballistischen Flugbahn? Heißt das, die haben nicht sowas wie unseren Linearantrieb?« Genauso war's. Die Banditen flogen auf – aus meiner Sicht – konventionelle Weise. Hatten keinen oder kannten sogar keinen trägheitslosen Antrieb. Na, und dann sollte man sie auch nicht mit der Nase drauf stoßen.

»Soviel wie Ihr fliegt, könnte es sein, daß die nie eines der Schiffe gesehen haben. Dann wissen die nicht, wie schnell wir uns bewegen können. Diesen Vorteil müssen wir unbedingt ausnutzen!« sagte ich.

»Eddi, wenn der Kollege Heimat ständig umkreisen muß, dann können wir die Schiffe auf der gegenüberliegenden Seite sammeln. Haben wir dann alle beisammen, warten wir auf seinen Überflug. Und dann schnappt die Falle zu.«

»Darf ich was fragen, Doc? Was bewirkt das, wenn wir ihn einschließen?«

Damit hatte Eddi die Frage gestellt, die offenbar auch allen anderen auf der Zunge lag, denn ich hörte beifälliges Murmeln. Dabei war es doch so offensichtlich! Oder nicht?

»Nun, ich sehe zwei Möglichkeiten«, erklärte ich, »ich glaube aber, daß nur die zweite eintreten wird. Entweder er ist klug, tut gar nichts und wir geleiten ihn weg von hier, soweit wie möglich und bis uns was Gescheites eingefallen ist, was wir tun können. Oder er fühlt sich angegriffen und eröffnet das Feuer!«

Die anderen verstanden nicht.

»Ja, und?« fragte Raklis.

Ich blickte in die Runde.

»Wenn Eure Kraftfelder das halten, was sie versprechen, wenn die Kugel tatsächlich eine Viertelstunde besteht, ohne auseinandergedrückt zu werden und der wirft da drinnen mit atomarem Feuer um sich ... dann grillt sich unser Freund selber! Noch etwas, Eddi. Sobald er explodiert, sollten sich die Schiffe mit höchste Beschleunigung entfernen oder glaubst Du, das würde die Kugel nicht zerreißen?«

»Dem würde unser Feld nicht standhalten«, sagte Eddi, »wir werden laufen wie die Hasen, großer Feldherr.«

»Nicht ihr«, widersprach ich, »die anderen! Du bleibst hier und übernimmst nur die Koordination. Dich möchte ich nicht aufs Spiel setzen!«

Ich schaute Kruot an.

»Also, machbar ist es. Sollen wir?«

Aber Kruot hatte Skrupel. Jemand, den ich nicht namentlich kannte, sprach es dann aus: »Vielleicht, wenn wir Ihnen sagen, daß wir sie vernichten könnten...«

»Mein Gott«,sagte ich,»Ihr habt es doch gehört! Die wissen, daß wir ihnen nichts können. Und wenn Du ihnen jetzt sagst: 'Ich könnte mich aber von hinten an Dich ranschleichen und Dir mit meinem Messer die Kehle durchschneiden', glaubst Du, dann lassen sie Dir das Messer und drehen sich um?«

Daß wir nicht verhandeln können, war schließlich allen klar. Aber dennoch, obwohl die Fremden schon tausende getötet hatten, neigten die Jegoni eher zur Unterwerfung als zum Kampf. Ich machte ihnen klar, daß sie aber noch nie erlebt hatten, was Sklaverei bedeutet. Und daß es viel schwerer, blutiger und verlustreicher sein würde, später die Ketten wieder abzustreifen, als jetzt diese Chance, vermutlich Ihre erste und letzte Chance, zu ergreifen.

»Es werden weitere Schiffe kommen!« sagte einer.

»Ja«, meinte ich, »sicher kommen die. Aber nicht so bald. Die haben monatelang hier gesessen, bis sie sicher waren, daß Ihr eine leichte Beute seid. Dann haben sie nach Hause gefunkt: 'Wir gehen die Kuh jetzt melken!' Wenn die daheim jetzt nichts mehr von denen hören – einfach verschwunden, ohne Kampfhandlung, ohne Überlebende –, werden die mächtig an ihrer Überlegenheit zweifeln. Sollten sie doch früher auftauchen, müßt ihr bluffen: 'Wie Schiff? Ach, das! Ja, die haben hier ohne Grund die halbe Stadt versengt, die haben wir mal eben weggepustet, die Lümmel. Kleinigkeit für uns.'

»Und wenn sie erst später auftauchen ... ja, dann müßt ihr vorbereitet sein. Dann müßt ihr wirklich in der Lage sein, mit ihnen fertig zu werden. Schluß mit dem Dornröschenschlaf. Erinnert Euch an die Blütezeit Eurer Technik. Dahin müßt Ihr zurück. Ihr habt soeben gemerkt, daß Ihr einen Fehler gemacht habt und jetzt müßt Ihr Euren Arsch retten!«

Raklis Gesicht glühte. »Sie haben unsere Stadt zerstört«, sagte sie zu Kruot, »sie würden noch unseren ganzen Planeten zerstören!«

»Das können wir nicht zulassen!« rief ein anderer.

»Wenn ich einen neutralen Rat geben dürfte«, mischte sich Eddi ein, »Machen wir die Scheißkerle fertig, Jungs!«

Kruot rang sich zu einer Entscheidung durch.

»So, wie Du redest, wärst Du zwar der letzte, den ich einsetzen würde«, sagte er zu Eddi, »aber ich oder einer von uns wäre auch nicht darauf gekommen zu kämpfen. Und dann noch mit Aussichten auf Erfolg. Ich erteile Dir Autorität über sämtliche Schiffe, Computer!«

»Eddi!« korrigierte Eddi. »Wann soll's losgehen, Doc?«

»Warum hast Du noch nicht angefangen?« antwortete ich.

»Bin schon am sammeln, nur nicht drängeln, alter Mann ist

ja kein D-Zug!«, sagte Eddi beleidigt.

Wir warteten gespannt. Das zweite Schiff stieg auf und verschwand. Schließlich meldete Eddi:»OK, alle Schäfchen beisammen. Wo soll die Party denn steigen?«

»Im Prinzip wurscht«, sagte ich,»aber in den Geschichtsbüchern wird es sich bestimmt gut machen, wenn der Ort seiner Niederlage dort ist, wo er zuerst triumphiert hat. Wenn seine Flugbahn also noch über die Stadt führt, hol ihn Dir genau da!«

Die anderen nickten zustimmend. Wieder dauerte es ein paar Minuten, dann sahen wir einige der Schiffe am Himmel unseren Standort überfliegen. Der Gegner war also gerade auf der anderen Seite des Planeten. Gespannt warteten wir.

»Es geht los!« sagte Eddi schließlich.

Im nächsten Augenblick schon glaubte ich in Richtung Große Stadt mehrere Striche am Himmel zu sehen. Sekunden später hörten wir das zugehörige Pfeifen.

Schon meldete Eddi:»Gegner hat das Feuer eröffnet. Schilde halten. Kugel stabil.« Zwanzig Sekunden später:»Gegner hat das Feuer eingestellt. Temperatur im Inneren der Kugel fünfzehntausendneunhundert Grad steigend ... Kraftfeld des Gegners wird instabil ... Schiff beginnt an einigen Stellen zu schmilzen. Hülle reißt auf ... Gegner offenbar gerade explodiert, denn ich habe den Kontakt zu unseren Schiffen plötzlich verloren.«

Noch während er das sagte, sahen wir wieder ein paar Striche am Himmel. Diesmal von oben nach unten. Bei einem sah man eine Explosion aufblitzen. Kurz darauf hörten wir den Donner.

»Was war das?« fragte Raklis.

Meine Antwort ging unter in einem urweltlichen Getöse. Die Wolken wurden nur so herumgewirbelt und ein Regen glühender Teilchen fiel vom Himmel.

Die Explosionswelle des vernichteten Schiffes richtete noch einmal Schaden an. Aber im Vergleich zu der Zerstörung des Zentrums war das gar nichts.

Als der Donner verrollt war, beantwortete ich Raklis' Frage: »Das waren unsere Schiffe, die sich vom Explosionszentrum entfernten. Einige von denen mußten senkrecht nach unten und haben's wohl nicht mehr geschafft zu bremsen.«

»Vier Schiffe verloren«, meldete Eddi, »sieben beschädigt.«

Ich sah Kruot an.»Die werdet Ihr bald ersetzen müssen – die Zeit von Kannichnich ist vorbei!«

Kruot nickte ernst und man sah ihm an, daß er sich bereits Gedanken machte über die nötigen Umgestaltung der Gesellschaft.

»Raklis«, sagte ich, »jetzt sollten wir uns um die Opfer des Angriffs kümmern. Schnapp Dir die Leute, verpaß jedem ein Schiff und laß sie diese als Such-, Räum- und Rettungsfahrzeug benutzen.«

Kaum hatte er das gehört, landete Eddi schon einige der Schiffe in unserer Nähe. Jeder der Anwesenden bestieg eines und machte sich auf, am Kraterrand Hilfe zu leisten. So etwas hätte eigentlich gleich nach dem Angriff passieren müssen, aber bei den Jegoni gab es Katastrophenpläne ebensowenig wie es bisher Katastrophen gegeben hatte. Deshalb galt es jetzt zu improvisieren. Was bestimmt keine Stärke der Jegoni war, aber sie mußten es halt lernen. Und einige lernten recht schnell. Schließlich mußte man über die Hälfte der Schiffe sogar als Lazarettschiffe einsetzen, denn das, was Heimat an Krankenhäusern hatte, war zwar vom Feinsten, hatte aber bei weitem nicht die Kapazität, eine Katastrophe zu bewältigen. Zumal eine der größten Kliniken mit der City zerstört worden war. Die Leute, die sich um die Verletzten kümmerten, machten ihren Job recht gut.

Anderen, nämlich dem Großteil der Bevölkerung, mußte erst einmal langsam ins Bewußtsein sickern, was überhaupt passiert war. Daß das Leben, wie sie es kannten, und seit Jahrhunderten lebten, sich unwiderruflich geändert hatte. Man hatte einen

Feind, man würde sterben und töten müssen, man würde lernen müssen, zu kämpfen. Und zwar schnell. Je eher, desto besser. Die Gruppe, die sich darum kümmerte, bestand aus den kreativsten Köpfen. Realisten mit Phantasie, die die Gefahr erkannten, akzeptierten und sich der Aufgabe stellten, die gesamte Technologie, die bisher der Bequemlichkeit diente, zu durchforsten nach neuen, kriegerischen Einsatzmöglichkeiten. Das war der erste Schritt und er war nur Flickwerk;Improvisationen,einzig betrieben mit Hoffnung. Der zweite, wichtigere Schritt war, vergessenes Wissen und Können auszugraben und wieder zu erlernen.

Dies würde viel Mühe kosten und viel Zeit in Anspruch nehmen und keiner konnte sagen, ob wir die haben würden. Mir selbst fiel die Rolle als Militärberater zu, so sollte man das wohl nennen. Marnt und ein paar Leute tauchten auf und nahmen mich in Beschlag. Die Sache mit Darlg und die Vernichtung des Aggressors; beides war ein Einsatz der vorhandenen Mittel gewesen und, so meinte Marnt, mir würden weitere Möglichkeiten einfallen. Also verbrachten wir Stunden und Tage damit, fiktive Situationen durchzuspielen. Besonderen Wert sah ich in der unglaublichen Beschleunigung, mit der die Jegoni-Schiffe operieren konnten, wenn, ja wenn, der Gegner tatsächlich keinen trägheitslosen Antrieb besaß. Eine der vorstellbaren Szenarien war folgendes: Ein Schiff würde als Köder dienen. Es würde mit einer feuerspeienden Attrappe, die einen konventionellen Antrieb vortäuscht, ausgerüstet sein und vor einem Feindschiff in Richtung eines Planeten fliehen.

Kurz bevor der Gegner seinen Kurs ändern müßte, um dem Planeten auszuweichen, sollten ein oder mehrere Schiffe sich hinter ihn setzen, ihm ein Kraftfeld in den Rücken drücken und ihm eine ultimative Beschleunigung verpassen. Das würde ihn mit dem Planeten kollidieren lassen. Wenn – natürlich gibt's auch hier immer eine Menge Wenns – wenn die Kraftfelder nicht von dem unbekannten Energieausstoß des gegnerischen Antriebs neutralisiert würden, wenn der Gegner in dieser Richtung einen Feuerschatten seiner Waffen hatte und wenn, was weiß ich. Die anfangs einfachen Pläne zerfranselten sich grundsätzlich in ein ganzes Kaleidoskop von Varianten. Trotzdem machte Marnt unermüdlich weiter. Er nannte das, meine Art zu denken lernen. Einer, der das schon ganz gut gelernt hatte, war Eddi. Auch damit beschäftigte sich Marnt und war fasziniert von dieser künstlichen Persönlichkeit, die mir in den wenigen Monaten so ähnlich geworden war.

Meinte jedenfalls Marnt und ich verkniff mir meine Einwände. Jedenfalls beschloß der Kreis, in der Hälfte der Schiffe die Speicher der Computer zu löschen und Eddis Datenbanken komplett zu überspielen. Damit hätte es dann hundert Eddis gegeben. Auf meinen Wunsch hin, bekam wenigstens jeder nach der Übertragung einen anderen Namen. So hatten sie immerhin etwas persönliches. Ansonsten waren alle sozusagen Klone derselben Person. Das würde sich erst im Laufe der Zeit, je mehr eigene Erfahrungen jeder machen würde, langsam ändern. Ich vermied es jedenfalls, auf einem anderen Schiff mitzufliegen. Eddi zeigte sich nicht gerade bescheiden geehrt, ich mußte ihm eher die Staralüren austreiben. Mit wenig Erfolg. Na, was soll's, sagte ich mir. Und zu Eddi: »An dem Tag, an dem Du ankommst und von mir gesiezt werden willst, ersetze ich Dich durch einen Game-Boy und steck' Dich in meinen Anrufbeantworter! Also kühl Dich mal wieder ein bißchen ab.«

»Alles klar, Trainer!« antwortete Eddi und berichtete: »Eben kam die Meldung des letzten Außenpostens. Alle Schiffe unverändert auf Position, keine besonderen Wahrnehmungen.«
Wir hatten ein Kordon von zweiunddreißig Schiffen in dreimilliarden Kilometern Entfernung um Heimat herum plaziert,

als Frühwarnsystem sozusagen. Die Funkmeldung würde keine zweieinhalb Stunden bis Heimat brauchen, die Schiffe natürlich ein paar Tage und der Gegner hoffentlich ein paar Wochen. Das kam darauf an, mit welcher Geschwindigkeit er auftauchte und wie früh er bremsen mußte, das heißt, welche negative Beschleunigung er der Besatzung zumuten konnte. Bei Feindmeldung würden alle Schiffe sofort zurückkehren, bis auf das, welches die Meldung durchgab. Die Computer hatten Anweisung, dann seitlich auszuweichen. Erstens wäre, bis unser Schiff Fahrt aufgenommen hatte, der Gegner wahrscheinlich anfangs sowieso schneller und zweitens würden wir so dessen Kurs und Geschwindigkeit erfahren.

Drittens war davon auszugehen, daß der Feind aus einer bestimmten Richtung kommt, also weitere Schiffe an der gleichen Stelle auftauchen würden,so daß dieses eine Schiff zur weiteren Beobachtung ausreichte. Ein Teil dieser Wachschiffe war unbemannt. Sicher, das änderte nichts an ihrer Effektivität, trotzdem hatte ich energisch gefordert, alle Schiffe zu besetzen, allein um des Trainingseffektes wegen: Lernen, in der Leere des Alls einen stupiden Dienst zu schieben, ohne zum Essen wieder daheim zu sein. Aber obwohl den Jegoni die Lage bewußt war, fanden sich nur siebzehn Freiwillige unter denen, die nicht auf Heimat gebraucht wurden. Ich hatte die 'Eddis' angewiesen, mit einem kleinen Trainingsprogramm dafür zu sorgen, daß unseren Jungs und Mädels da draußen nicht langweilig wurde. Das würde sicher einige brauchbare Leute zeugen.

# DIE RÜCKKEHR

Eines Tages, ich hatte das Zeitgefühl für meine Anwesenheit auf Heimat verloren, erschien Kruot und unterbrach unser Programm. Marnt und ich folgten ihm in einen Nebenraum.

»Hast Du es ihm schon gesagt?« fragte Kruot Marnt. Der schüttelte nur den Kopf und mir wurde bewußt, daß er heute sehr still und unkonzentriert gewesen war. Es hatte sich nur keine Gelegenheit ergeben, ihn zu fragen, was los sei. Nun, das würde mir ja jetzt Kruot erzählen und ich rechnete mit dem Schlimmsten. Allerdings lag ich mit der Art meiner Befüchtungen voll daneben. Kein Angriff, kein Unfall, nur eine Vorsichtsmaßnahme. Die mich betraf.

»Wer immer diese Kraterkacker sind«, begann Kruot und verwendete wie selbstverständlich diese Bezeichnung des Gegners, die ich einmal provokativ benutzt hatte, um so einen vornehm tuenden Typen zu schockieren, der mit furchtbar auf den Senkel gegangen war. Die anderen in unserem Arbeitskreis hatten das aufgegriffen und verbreitet.

Vielleicht ist das die stärkstmögliche Form der Jegoni zu fluchen, dachte ich mir, denn wenn in den letzten Wochen einer geflucht hatte, dann war das immer ich gewesen.

»Die werden wiederkommen«, sagte also Kruot, »weil sie wissen, wo sie uns finden. Wenn sie dann doch noch das erreichen, was sie angekündigt haben, ist es unsere Pflicht, dafür zu sorgen, daß wir sie nicht noch auf die Spur von anderen Völkern bringen. Alle diesbezüglichen Aufzeichnungen werden aus all unseren Datenbanken gelöscht. Wir werden nur ein paar schriftliche Aufzeichnungen, in einer Form, daß sie keine Aussagekraft haben, wenn man nicht weiß, was es ist, irgendwo verstecken. Und wenn wir diesen Krieg hinter uns haben und jemand von denen, die Bescheid wissen, noch lebt, können wir die

Informationen wieder ausgraben und aufleben lassen. Wenn nicht, werden wir nicht mehr wissen, wo die anderen Planeten und Deine Erde zu finden ist.«

Das war eine vernünftige Maßnahme, dachte ich, übersah aber, worauf Kruot hinaus wollte. Vielleicht, weil ich es nicht sehen wollte.

»Deshalb mußt Du wieder zurück, und zwar bald!« schloß er.

Er tätschelte mir väterlich den Arm,nickte und ließ mich stehen. Jetzt war es soweit! Die ganze Zeit hatte ich den Überfall der Kraterkacker auch irgendwie als persönlichen Glücksfall für mich angesehen. Ich wurde gebraucht und keiner kam mehr auf die Idee, mich nach Hause zu schicken. Ich würde den Rest meines Lebens oder zumindest noch Jahre in diesem unglaublichen Abenteuer verbringen. Und jetzt hieß es auf einmal doch 'Aus der Traum, aufstehen!' Und ich konnte nicht mal dagegen aufbegehren, die Argumentation war richtig. Wenn ich denen in die Finger fallen sollte, würden die Mittel und Wege finden, herauszukriegen, woher ich komme. Und die Erde hätte denen nun wirklich nichts entgegen zu setzen. Außer Politikern, Müll und Umweltgiften; vielleicht doch der beste Schutz gegen eine Invasion.

Marnt sah mich bekümmert an.

»Ich werd' Dich vermissen«, meinte er.

»Danke!« sagte ich. »Macht ohne mich weiter, ja?«

Ich ging hinaus, ließ Eddi kommen und wir flogen los, um Raklis abzuholen.

»Tja, Kleiner«, sagte ich zu Eddi, »sieht so aus, als dürftest Du mich bald nach Hause bringen.Kruot will mich verstecken.«

»Die Abreise ist auf morgen festgelegt worden«, teilte mir Eddi mit.

»Ach, das spricht sich ja schnell rum«, stellte ich fest, »oder bin ich nur der letzte, der es erfährt?«

»Nicht ganz, aber fast«, war die Antwort, »Raklis hat es auch eben erst gesagt bekommen. Ich übrigens auch«, ergänzte Eddi schnell und bewahrte sich damit davor, von mir der Illoyalität bezichtigt zu werden. Besser gesagt, bewahrte er mich davor, als Antwort zu hören zu bekommen, daß er in erster Linie dem Kreis und den Jegoni unterstünde. Raklis erwartete mich schon.

Sie hatte an einem Schnellkurs über den Linearantrieb teilgenommen. Ein praktischer Kursus. Man hatte einen Antrieb soweit zerlegt, wie man ihn verstand. Anschließend durften die Teilnehmer fünf Tage lang Physikbücher wälzen, um sich danach wieder zu treffen und zu schauen, ob man dann gemeinsam weiter kam als beim ersten Mal. Zwar war man auf Heimat auch mit der Einrichtung von Universitäten und technischen Schulen beschäftigt. Aber bis diese ausgebildete Leute ausspuckten, würden Jahre vergehen. Und soviel Zeit hatte man vielleicht nicht. Also galt bis dahin die Methode Try-and-Error, um wenigstens praktische Spezialisten zu bekommen. Nebenbei erhielt man so auch die Lehrer, ohne die die Universitäten und Schulen nicht funktionieren würden. Raklis umarmte mich und ließ mich erst wieder los, als ich sie hinauszutragen begann.

»Ich habe Bescheid gesagt, daß ich ab morgen nicht mehr komme«, sagte sie.

Ich blieb stehen.

»Warum?« fragte ich und wußte es doch genau. Ich selbst hatte doch immer angenommen und gehofft, daß es Raklis sein würde, die mich zurückbringt. Trotzdem wollte ich es ihr jetzt ausreden.

»Hör zu«, sagte ich, »ich weiß nicht, ob man das Liebe nennen kann, was wir für einander empfinden. Vielleicht ist es nur eine mehr als freundschaftliche Verbundenheit, vielleicht ist es auch mehr. Aber auf jeden Fall ist es zum Sterben verurteilt. Auch wenn wir es verdrängt haben, war es das doch von Anfang an. Wenn wir jetzt die nächsten Monate alleine zusammen verbringen, machen wir es uns schwerer als es jetzt schon ist. Außerdem wirst Du hier gebraucht; jeder einzelne wird gebraucht!«

Sie sah mich nur an, wußte, daß ich recht hatte und wollte mir dafür am liebsten die Augen auskratzen. Tränen standen in ihren Augen.

»Aber ich wollte doch auch da raus«, sagte sie, »das sehen, was Du gesehen hast, das erleben, was ich nur aus Deinen Erzählungen kenne. Vielleicht war das ja die Basis unserer Beziehung ...«

Sie hatte mich genau da gepackt, wo ich sie verstehen konnte, wo ich nicht hart sein konnte. Die Zeit der letzten Monate würde ich um keinen Preis auf der Welt missen wollen. Und wie konnte ich mich dafür einsetzen, sie jemandem, der es sich genauso wünschte, vorzuenthalten.

Dennoch: »Du würdest fast ein Jahr weg sein und nicht wissen, ob Heimat noch steht, wenn Du zurückkommst!« gab ich zu bedenken.

»Dann komme ich nur ein paar Wochen mit!« handelte sie weiter.

»Zwei Wochen«, entschied ich, »aber nur wenn der Kreis für diese Zeit ein zweites Schiff freigibt!«

Damit hatte ich den Ball jemand anderem zugespielt. Im Moment wäre es wohl ratsam, alle Schiffe für den Ernstfall verfügbar zu halten.

»Einverstanden!« sagte sie und konnte schon wieder lächeln. Kaum waren wir an Bord, rief sie: »Eddi, zu Kruot, mach schnell!«

Die Minute Flugzeit verbrachte sie damit, aufgeregt vor dem Ausstieg rumzuhampeln.

Die Türe war noch nicht ganz offen, da war sie schon verschwunden. Ich ging ihr nach. Als ich die beiden fand, küßte Raklis Kruot gerade so heftig ab, daß der alte Mann verzweifelt Halt suchte. Offenbar hatte er Ja gesagt. Jedoch hatte sie ihn nicht um den Finger gewickelt, wie ich glaubte, sondern ihn mit einfachen Argumenten überzeugt. Ich selbst hatte wiederholt vorgeschlagen, einzelne Leute zu Trainingszwecken ein paar Wochen in den Raum zu schicken, Der Strom der Freiwilligen war immer noch ein müdes Rinnsal. Und es gab keinen Grund, einen Freiwilligen abzulehnen. Raklis grinste mich triumphierend an. Ich strich ihr über die Wange und wandte mich Kruot zu.

»Also«, sagte ich, »warum sollen wir es rausschieben? Wir können auch gleich starten statt morgen. Oder gibt's für mich noch etwas zu erledigen?«

»Allerdings!« antwortete mir Kruot.

»Ich würde Dich bitten, in zwei Stunden in den Vortragsraum zu kommen.«

Ohne eine Antwort abzuwarten, drehte er sich um und marschierte davon.


Ich blickte Raklis an.

»Weißt Du, wozu?«

Sie schüttelte den Kopf, war aber nicht in der Verfassung, sich länger mit dieser Frage zu belasten. Sie griff meinen Arm.

»Komm, laß uns schwimmen gehen!«

Eigentlich ein guter Grund, die Abreise aufzuschieben, dachte ich und vergaß die Frage ebenfalls. Noch war es nachmittag, so hatten wir es nicht weit. In wenigen Minuten waren wir an dem nächstgelegenen Badestrand. Normalerweise wären wir woanders hingeflogen, weil es hier immer relativ voll war. Aber dieser schwebend unwirksame Kriegszustand ließ die Jegoni anscheinend ihre Gewohnheiten aufgeben. Eine nutzlose Änderung in dem Fall, aber es demonstrierte wenigstens die

Bereitschaft zu Änderungen. In dem Wissen, die nächste Zeit nur noch unter diese lasche Dusche im Schiff zu kommen, genossen wir das Meer besonders und tobten ausgelassen in den Wellen herum.Als wir auf Eddis Sirene nicht reagierten, benutzte er die Kraftfelder um uns trockenzulegen.

Plötzlich hörten die Wellen auf; zwei Meter von uns entfernt schien eine Glaswand sie aufzuhalten. Dann wich diese Wand nach allen drei Seiten ein paar Meter zurück und das Wasser, was uns vorher bis zum Bauch gereicht hatte, war nur noch eine knöcheltiefe Pfütze vor diesem senkrecht abgeschnittenem Meer. Ein interessanter Anblick, aber so widernatürlich, daß ich mich dabei unbehaglich fühlte. Jetzt reagierten wir auf Eddis Tuten.

»Spielverderber!« sagte Raklis.

Auch ich fluchte vor mich hin, während wir zum Schiff zurück trotteten: »Der Schweinepriester hat bestimmt unsere Bibel gelesen; ich hätte die Seiten mit Moses rausreißen sollen!«

»Was?« fragte Raklis, aber beide grinsten wir schon wieder.

»OK Eddi, Du Nerversäge, schmeiß mal die Handtücher rüber!«

Die Handtücher hingen bereits am Einstieg, manchmal war Eddi besser als eine Mutter. Kaum waren wir trocken und angezogen, meldete Eddi schon: »Wir sind da! Viel Spaß und trinkt für mich einen mit.«

Ich dachte, Eddi hätte einen Witz gemacht, aber offenbar war er wieder mal besser informiert als wir.

»Horch! Lola!« sagte ich zu Raklis vor der Tür. Was uns erwartete, war keine ernste abschließende Besprechung, sondern eine Abschiedsparty. Eine Abschiedsparty mir zu Ehren. Es lief sogar teilweise Musik von der Erde, die ich Eddi bevorzugt hatte spielen lassen. Alle, mit denen ich zu tun gehabt hatte, waren da, um mir Lebewohl zu sagen. Die einen fröhlich, weil es ja eine

Party war, die anderen weniger fröhlich, weil der Anlaß eher ein trauriger war. Aber jeder gab sich Mühe, mich auf die eine oder andere Weise seine Wertschätzung spüren zu lassen.

Dann nahm mich Marnt beiseite: »Da möchte sich noch jemand verabschieden.«

Er deutete zur Tür am anderen Ende. In der Tür stand jemand in einem Raumanzug. Das Visier offen und eine Menge zusätzlicher Ausrüstung überall, wie sie mein Anzug nicht hatte. Außerdem hing am linken Oberarm ein Plasmagewehr. Wir gingen aufeinander zu.

Mein Gegenüber trat in den Lichtschein einer Lampe und ich erkannte Darlg.

»Eddi«, sagte ich.

Doch Eddi unterbrach mich: »Alles in Ordnung, Schißhase, keine Gefahr!«

Auf Eddis Urteil hatte ich mich bisher immer verlassen können, also trat ich näher. Wir standen voreinander und sahen uns in die Augen. Ich mißtrauisch und abwartend, er unsicher, aber nicht feindselig.

Er schien nach Worten zu suchen. »Ich, wir, also eine Gruppe von uns, wir haben die Daten von der Erde studiert. Über Eure Kriegsführung und Eure Soldaten. Es läßt sich vielleicht nicht viel auf unsere Situation übertragen, aber ich bin dabei eine Bodenkampftruppe aufzustellen. Ich hoffe, unseren Technikern gelingt noch die Entwicklung eines tragbaren Schirm-Generators, sonst dürfte unsere Lebenserwartung um ein oder zwei Zehnerpotenzen niedriger liegen.«

»Tja, ein Individualschirm würde Euch in der Tat über den Kanonenfutter-Status erheben«, sagte ich. »Ehrlich gesagt, hätte ich nicht erwartet, daß einer von Euch den Mut aufbringt, Soldat zu spielen und sich den Kraterkackern mit der Waffe in der Hand zu stellen.«

Ich streckte meine Hand aus.

»Vielleicht«, sagte er, »stellen die sich ja dümmer an als Du.« und schlug ein.

Ich ließ mir von ihm die Zusatzausrüstung des Anzugs zeigen, zeigte meine Bewunderung, übte Kritik oder hinterfragte und nannte schließlich einige Dinge, die – unter dem Vorbehalt des Machbaren – ich mir von einem Kampfanzug noch wünschen würde. Ich glaube, genau deshalb war er gekommen. Ich erwähnte nicht, daß ich gedacht hatte, er wäre bei dem Angriff umgekommen, denn bis heute hatte ich nichts mehr von ihm oder über ihn gehört. Und ich wette, daß er eigentlich immer noch etwas gegen mich hatte. Aber er überwandt sich, weil er von diesem barbarischen Fremden etwas Wertvolles bekommen, von dem Erbe einer martialischen Entwicklung profitieren konnte. Dafür hatte er meine Anerkennung. Aber nicht mein Vertrauen. Nun, das sollte jetzt nicht länger ein Problem sein. Nachdem Darlg hatte, was er wollte, verschwand er auch wieder. Ohne mit mir angestoßen zu haben. Fand ich in Ordnung.

Dann waren da noch die Leute, die gekommen waren, um Raklis zu verabschieden. Ich kann zwar verstehen, daß einige Freundinnen ihr Vorwürfe machten, daß sie sich seit meiner Ankunft nicht mehr bei ihnen gemeldet hatte, nicht aber den Bohei, den sie jetzt veranstalteten wegen der vier Wochen, die Raklis unterwegs sein würde. Vielleicht sind Freundinnen ja überall bescheuert, so in der Art einer galaktischen Konstanten?! Vielleicht war dieses Gefühl meinerseits auch nur eine Reaktion auf ihr Verhalten mir gegenüber. Wenn sie mich ansahen, konnte ich in ihren Augen die Faszination des Grauens sehen. Sie dachten daran, daß Raklis und ich zusammen gewesen waren. Wenn sie auch nicht wußten, wie weit, so hatte ihre Phantasie doch keine Grenzen und sie würden eine Menge kleiner, intimer, neugieriger Fragen haben, sobald Raklis zurück war. Beinahe hätte ich eine von ihnen angeschnauzt.

Aber ich riß mich rechtzeitig zusammen. Das hätte nur zum Streit zwischen Raklis und mir geführt. Und das nur wegen so ein paar alberner Tussis. Ich beschloß, sie zu ignorieren. Dieser ritterliche Entschluß mußte unbedingt honoriert werden, sagte ich mir und begab mich zum UniMaten, um mir noch ein Bier zu holen. Marnt gesellte sich zu mir und bald kam ich wieder auf andere Gedanken.

Später, viel später meinte Raklis: »Ich bin müde, laß uns noch etwas schlafen, bevor wir losfliegen.«

»Warum so kompliziert, Schätzchen?« fragte ich.

»Wir legen uns hin und fliegen los. Oder glaubst Du, Eddi kann nur fliegen, wenn Du wach bist, Prinzessin?«

»Jedenfalls will ich erst mit Dir fliegen, wenn Du wieder nüchtern bist!« fauchte sie.

»Aber, Mäuschen, ich bin nüchtern wie ein Stock«, stellte ich fest. »Naja, ein Stock, der in einem Weinfaß steckt«, schränkte ich ein.

Ich kann mich noch erinnern, daß ich mich darüber fast kaputt lachte. Aber das ist auch meine letzte Erinnerung an diesen Abend.

Als ich aufwachte, hatte ich einen Brummschädel. Irgendwie mußte ich ins Schiff gekommen sein.

»Eddi, wo ist Raklis?«

»Sie läßt gerade eine große Kanne schwarzen Kaffee herstellen, da Du offenbar nicht nur einen für mich mitgetrunken hast.«

»Tja, und so wie's aussieht, werde ich jetzt auch den Kaffee für Dich mittrinken müssen, Wie spät? Wann wollen wir los?« fragte ich.

Eddi antwortete: »Wir sind jetzt etwa auf der Bahn von Lar VIII, auch der Schnapsleichenplanet genannt!«

»Ich lach' später.« sagte ich und hievte mich aus dem Bett. Ich schlich in den Kontrollraum, küßte Raklis und nahm schweigend einen Becher Kaffee entgegen. Nachdem ich ein paar Schluck genommen hatte, sagte ich: »Da ist wieder einer!«

Raklis sah mich verständnislos an.

»Ein was?«

»Ein Lebensgeist«, erklärte ich, »bei uns sagt man: 'Langsam kehren die Lebensgeister zurück', wenn jemand wieder zu sich kommt.«

»Aha«, antwortete sie lakonisch.

Ich grinste. »Kleinen Moment noch, dann bin ich wieder im hier und jetzt. OK?«

Raklis holte sich ihr Frühstück.

»Hast Du auch alles dabei?« fragte ich.

»Tommy ist gleich hinter uns«, antwortete sie und Eddi zeigte uns auf dem Schirm ein Schiff, das uns in einiger Entfernung folgte.

»Zeig mir Heimat!« befahl ich, aber selbst die stärkste Vergrößerung gab nicht mehr als einen größeren Lichtpunkt her.

»Wiederhole die Aufzeichnung vom Abflug!«

Gleich wechselte das Bild und zeigte unseren letzten Standort. Es war noch dunkel und als sich das Schiff erhob, sahen uns zwei Figuren nach. Sekunden später nahmen uns Wolken die Sicht und als für uns am Horizont die Sonne aufging, hatten wir schon die Atmosphäre verlassen. Jetzt beschleunigte das Schiff so rasend, daß man zusehen konnte, wie Heimat schrumfte. Nach zehn Minuten war der Planet nur noch so groß wie der Mond von der Erde aus. Wir sprachen beide kein Wort, sondern blickten weiter auf den Schirm. Wäre ich beim Start wach gewesen, hätte ich Eddi sicher gebeten, ein wenig langsamer zu machen. Andererseits ...

»Naja, kurz und schmerzlos!« stellte ich fest, als Heimat nur noch ein hellerer Stern war, und hatte einen Kloß im Hals. Ich blickte Raklis an und sah, daß sie den Tränen nahe war. Dabei war es für sie doch nur ein Abschied für ein paar Wochen. Für mich einer für Immer. Aber für düstere Gedanken würde ich noch mein gesamtes späteres Leben Zeit haben, jetzt sollte ich weiterhin in der Gegenwart leben und mein Abenteuer genießen.

»Eddi, irgendwelche Neuigkeiten von den Außenposten?«

»Nein, bis jetzt noch keine Feindmeldung!«

»Na, dann hoffen wir, daß sich daran in den nächsten vier Wochen nichts ändert. Und wie es bei Deiner Rückkehr aussehen wird, wer weiß, vielleicht wirst Du ganz allein auf Dich gestellt sein.«

»Ich werde mich besonders dem Studium der Guerilla-Taktik widmen«, sagte Eddi, »werde ich brauchen als letzter Mohikaner.«

»Na, ich glaube nicht, daß es dermaßen rappeln könnte, daß außer Dir kein Schiff mehr übrig ist«, sagte ich.

»Das nicht«, antwortete Eddi, »aber wenn Heimat kapitulieren sollte, bin ich der einzige, der nicht unter dem Kommando der Jegoni, und damit der neuen Machthaber, steht.«

Stimmt! Seit Borst mir das Kommando übergeben hatte, war daran nichts mehr geändert worden. Ich hatte damit gerechnet, daß es das erste sein würde, was die 'Eigentümer' tun würden, aber dann ist es vergessen worden. Oder es war Kruot und den anderen gar nicht so bewußt geworden, daß ich Eddi eigentlich tun lassen konnte, was immer ich wollte. Mir aber auch nicht. Ich könnte ihn zum Beispiel nicht zurückschicken. Ihn auf der Erde behalten oder besser, mit ihm weiter das Universum bereisen.

»Scheiße!« sagte ich laut.

»Was ist los?« wollte Raklis wissen.

»Doc beginnt gerade einen Kampf mit seinem Gewissen«, erklärte Eddi. Er hatte das Problem also erkannt. Naja, er war ja nicht doof, sonst würde er nur den Müllschlucker steuern.

»Ach, Raklis, die Versuchung, die Versuchung«, sagte ich.

»Am besten erledige ich das gleich ...«

»Eddi, hiermit gebe ich Dir folgenden Befehl ...«

»Spar Dir die Spucke«, unterbrach mich Eddi, »das sieht zwar edel aus, aber Du könntest keinen Befehl so abfassen, daß Du ihn später nicht wieder aufheben kannst! Das wird Deine moralische Prüfung bleiben.«

Raklis hatte inzwischen auch kapiert, worum es ging.

»Du könntest mir ein paar Blumen von der Erde schicken«, sagte sie einschmeichelnd.Ich mußte lachen und nahm sie in den Arm.

»Na, wenn das nicht Grund genug ist, Eddi zurück zu schicken! Laß uns duschen gehen und dann genießen wir die Kreuzfahrt.«

Zunächst ging es wieder die sechsmilliarden Kilometer von Heimat weg bis zum ersten D-Sprung. Bis dorthin nahmen wir nur Geschwindigkeit auf. Da man davon nichts spürte und ansonsten nichts weiter zu sehen war, als daß die Sonne Lar zu einem Stern schrumpfte, war Raklis enttäuscht. Sie war sogar dermaßen desillusioniert, was das Sternenreisen anging, daß sie sich am dritten Tag mit dem Gedanken trug, umzukehren.

»Jetzt warte noch einen Tag und entscheide dann!« sagte ich.

Die erste D-Phase kam. Ich hatte Raklis die Aufzeichnungen von den D-Sprüngen der Hinfahrt gezeigt, aber selbst mir war das wie eine manipulierte, gestellte, falsche Lichtshow vorgekommen. Das wirkliche Erlebnis konnten diese nicht wiedergeben. Warum es live so anders ist, weiß ich nicht. Ich vermute, daß die Vibration, die nur von den Maschinen zu kommen scheint, tatsächlich eine Wahrnehmung des Wechsels zwischen den beiden Formen des Universums ist, den sowohl das Schiff als auch die Menschen an Bord körperlich mitvollziehen. Obwohl es theoretisch nur eine veränderte Darstellung dieses Ortungssystems ist. Wie auch immer, man erlebt irgendwie eine elementare Kraft am Werk. Trotzdem, der zweite D-Sprung war noch etwa genauso interessant, der dritte jedoch schon fast Routine. Raklis' Unmut über die Ereignislosigkeit der Reise wuchs merklich wieder an. Dazu kam, daß wir uns beide falsche Vorstellungen gemacht hatten. Noch zwei schöne Wochen miteinander verleben, das hatten wir gewollt. Was wir nicht realisiert hatten, war, daß es aber nur ein hingezogenes Abschiednehmen darstellte. Und beide wußten wir nicht, wie.

Ich trauerte schließlich darüber, daß ich mir genauso wie Raklis das Ende der zwei Wochen herbeisehnte. Am elften Tag sprachen wir darüber. Intellektuell konnten wir erfassen, was uns bewegte, aber emotional änderte sich dadurch nichts.

Raklis stand auf, legte mir ihre Hand an die Wange und sagte: »Ob ich jetzt gehe oder in drei Tagen, macht kein Unterschied.«

Ich riß sie an mich und hielt sie so fest, daß sie nach Luft rang. Dann sah ich ihr in die Augen und nickte.

»Eddi, pfeif Tommy ran, zum Rendezvous!«

Ich begleitete Raklis zur Schleusenkammer. Obwohl sie die zwei Meter von Schleuse zu Schleuse eingehüllt in eine Kraftfeldblase überwinden könnte, bestand ich darauf, daß sie einen Raumanzug anlegte. Ich zog ebenfalls einen an. Die Luft wurde abgepumpt und die äußere Tür öffnete sich. Tommy hatte seine schon geöffnet. Wir legten die Helme aneinander und sahen uns lange in die Augen. Und wir verziehen einander, ohne daß ein Wort fiel.

»Leb wohl!« sagte Raklis und löste sich von mir.

Sie wurde sanft hinübergetragen und stand dann in der anderen Schleuse.

»Leb wohl!« antwortete ich.

Dann schlossen sich die Türen. Als ich wieder in den Kontrollraum kam, war das andere Schiff gerade noch mit den

Sensoren zu erfassen, zwei Minuten später waren wir allein. Meine Stimmung blieb düster. Auch ich konnte mich an dem Flug nicht so erfreuen, wie auf der Hinreise. Irgendwann hinterließ ich eine Aufzeichnung für Raklis, redete mir die Seele frei. Dann wartete ich nur noch auf das Ende der Fahrt, obwohl Eddi sich alle Mühe gab, mich abzulenken. Als wir uns nach dem letzten Sprung dem Sonnensystem näherten, fühlte ich mich krank und elend. Das ging soweit, daß ich nichts mehr essen konnte und statt dessen anfing zu kotzen. Ich ließ mir ein paar LMAA-Pillen herstellen und von da an ging es mir wieder besser, auch wenn sich etwas in mir gegen diesen künstlichen Seelenfrieden sträubte. Ich erinnerte mich, daß ich noch ein paar Planeten ausgelassen hatte, das könnte ich jetzt nachholen.

Aber irgendwie hatte ich dazu keine Lust. Meine Reise war jetzt zu Ende. Außerdem, vielleicht würde Eddi dadurch gerade die entscheidenden zwei Tage zu spät kommen. Nur eines leistete ich mir noch.

»Eddi, wir machen auf dem Mond Station!«

Ich ließ mir eine ein Quadratmeter große Tafel mit zwei Stelzen herstellen, aus der widerstandsfähigsten Legierung, die auf dem Schiff zu haben war. Auf einem hohen Mondgipfel stieg ich aus. Eddi hielt mit einem Kraftfeld das Schild und während ich mit Darlgs Plasmagewehr den Boden aufschmolz, ließ er es langsam absinken.

»OK, Eddi, das wird die nächsten paar tausend Jahre halten. Ab geht's, vergiß die Tarnung nicht.«

Wir verließen den Mond.

»Doc«, fragte Eddi, »wer ist Killroy?«

Ich schmunzelte.

»In der Vergangenheit ist das nur ein blöder Spruch, in der Zukunft aber ein verdammtes Rätsel.«

»Und in der Gegenwart?« wollte Eddi wissen.

»In der Gegenwart? In der Gegenwart ist das mein Beweis,

den ich niemandem zeigen kann. Aber ich, ich weiß, daß er existiert.«

Unbemerkt setzten wir auf der Erde auf. Ich hatte mir lange überlegt, daß ich nicht in mein altes Leben zurückkehren konnte. Man verschwindet nicht für ein knappes Jahr und taucht dann wieder auf, ohne eine Menge Fragen gestellt zu bekommen. Abgesehen von den Mietrückständen. Deshalb war meine Wahl auf Australien gefallen. Der UniMat stellte mir ein paar Dutzend Rohdiamanten her und wenn ich mich die ersten Tage nicht zu dumm anstellte, sollten die dafür sorgen können, daß ich Eigentümer gültiger Papiere und einer kleinen Farm werden würde. Es war Nacht und bis zum nächsten Städtchen keine zwei Kilometer.

»Eddi! Zurück nach Heimat mit Dir. Nach dem letzten Sprung löschst Du sämtliche die Erde betreffenden Dateien. Wie weit das geht, überlasse ich Dir, vielleicht willst Du ja noch Stones hören. Falls die Jegoni noch das Sagen haben – was wir hoffen wollen – unterstellst Du Dich dem Kommando des Kreises. Falls nicht, überlasse ich das weitere Vorgehen Dir. Alles klar?«

»Alles klar, Mann!«

»Ich werde jetzt aussteigen, Eddi. Ich werde mich eine zeitlang nicht umdrehen. Und wenn ich's dann tue, bist Du nicht mehr da! Klar?«

»Ich werde Dich vermissen!« antwortete Eddi.

»Danke!« Ich trat hinaus, klopfte mit der flachen Hand an die Schiffswand und ging ein paar Schritte. Eine zeitlang stand ich da, ballte die Fäuste und kämpfte gegen die Tränen. Dann drehte ich mich um. Vor mir sah ich im Mondlicht nur meine eigenen Fußabdrücke. Ich blickte hinauf zu den Sternen. Nicht die kleinste Bewegung. Ich machte mich auf den Weg in die Stadt, während mir die Tränen von den Wangen liefen.

# EPILOG

Großvater faßte hier wie geplant Fuß. Im Sommer darauf lernte er Großmutter kennen. Er fand eine neue Frau und eine neue Heimat. Im Laufe der Zeit lernte Großmutter zu tolerieren, daß er nachts stundenlang allein auf der Veranda saß und in den Himmel schaute. Was sie nicht ahnte, war sein Motiv. Er wartete. Großvater wartete den Rest seines Lebens auf Eddis oder Raklis' Rückkehr.

Und ich, ich löste ihn damit ab. Haben die Jegoni ihren Krieg gewinnen können? Ist ihre Kenntnis von der Erde unwiderruflich verloren gegangen? Oder taucht eines Tages sogar jemand aus dem Nichts auf und sagt: »Hallo, ich bin's, Dein Onkel. Hast Du Lust auf eine kleine Reise, während Du mir von meinem Vater erzählst?«

Das ist natürlich Unsinn. Das weiß ich, wenn ich nicht träume. Aber was ich noch zu meinen Lebzeiten erleben könnte, ist, daß irgendwer auf dem Mond eine mit 1998 datierte Tafel mit einem dummen Spruch findet und die Weltpresse darüber um die Wette spekuliert, welcher Witzbold die seinen Kollegen untergeschoben haben könnte und vor allen Dingen, wie. Und dann wird sich aber herausstellen, daß es sich um keine Fälschung handelt.

Darauf warte ich.

**ENDE**